중국유학 완전정복

중국유학 완전정복

초판 1쇄 인쇄일 _ 2010년 7월 15일
초판 1쇄 발행일 _ 2010년 7월 20일

지은이 _ 홍성종
펴낸이 _ 최길주

펴낸곳 _ 도서출판 BG북갤러리
등록일자 _ 2003년 11월 5일(제318-2003-00130호)
주소 _ 서울시 영등포구 여의도동 14-5 아크로폴리스 406호
전화 _ 02)761-7005(代) | 팩스 _ 02)761-7995
홈페이지 _ http://www.bookgallery.co.kr
E-mail _ cgjpower@yahoo.co.kr

값 12,000원

ISBN 978-89-6495-002-9 03810

현지 유학생 관리자가 쓴 실전 활용서

중국유학

완전
정복

홍성종 지음

B⊞G 북갤러리

중국을 꿈꾸는 이들에게 나침반이 되길…

북경 CACES EDUCATION 대표

중·미 1+1 유학교육전문가

김시은

"중국을 꿈꾸는 많은 한국의 미래들이 중국에 발을 딛는 그 순간까지, 그리고 그 순간부터 그들에게 작은 나침반이 되어줄 수 있다면 좋겠습니다."

중국유학이 중요한 이유는 저자뿐만 아니라 유학을 준비하는 학생이나 학부형이 더 잘 알고 있을 것입니다. 그럼 중국유학이 실패할 수 있다는 가능성이나 혹은 어떻게 하면 실패 하는지에 대한 정보는 어떨까요. 그것 역시 학생과 학부모가 더 잘 이해하고 있을까요? 아마 그렇지는 않을 것입니다. 돈을 써서 갈 수 있는 유학지는 얼마든지 있습니다. 미국을 가든 중국을 가든 적당히 학비와 생활비를 감당할 수 있다면 우리는 얼마든지 우리의 아이들을 우리도 모르는 곳으로 보낼 수 있는 것입니다. 그저 잘되기만을 기대하면서 눈물로 공항의 이별을 하는 것이지요.

유학의 많은 부분을 차지하는 미국유학은 비교적 긴 역사를 거치며 배출해낸 인재들도 많고, 실패에 대한 사례도 많아서 이미 무엇을 어떻게 준비해야 하는지에 대한 데이터가 충분히 누적되어 있습니다. 그런 반면, 중국유학은 십 수 년이라는 기간에 비해 중국 교육체계에 대한 이해 부족, 중국유학을 선택한 아이들의 자질 부족, 중국유학에 대한 정보 부족 등의 여러 가지 원인으로 기반을 닦지 못한 상태로 아직도 우리 아이들을 중국유학 실험장의 모르모트로 내몰고 있습니다.

중국유학 시장의 미래가 아직 이렇다 할 출구를 제시하지 못하는 지금, 중국이라는 거대 국가가 지구상 최대 시장으로 등장하여 한국 아이들의 미래와 진로 결정에 하나의 중요한 고려요인으로 부상하고 있습니다. 이 책은 중국유학이 어떤 길을 걸어왔고, 어떤 형태로 자리매김하고 있으며, 우리 아이들이 걸어간 발자취를 되밟아 봄으로써 미래의 중국유학생들을 실패의 덫으로 빠지지 않게 하는 나름대로 적절한 방향 제시를 하고 있습니다.

중국유학에 대해 학생이나 학부형이 간과하지 말아야 할 부분은 중국유학은 결코 편하게 유학하기 위해 선택할 수 있는 유학이 아니라는 것과 영어의 비중이 수십 년 안에 약화되어 중국어가 세계 주 언어로 대체될 것이라는 환상은 버려야 한다는 것입니다. 이것은 중국으로 유학 오는 우리 아이들이 무거운 중국어의 짐과 영어의 짐을 동시에 짊어져야 한다는 것을 뜻하며, 그 두 가지를 모두 이룬 아이들이 맞게 될 무한한 미래만큼이나 힘든 길을 걸어야 한다는 것을 의미합니다.

하지만 겁낼 필요는 없습니다. 중국과 미국의 틈바구니에 이미 들어선 한국의 미래를 이끌어갈 아이들이라면 당연히 걸어야 할 길일 것입니다. 다만, 이 자리를 빌려 그 길을 예상하고 준비하는 중국유학이어야만 성공적인 유학생활을 이루어낼 수 있다는 말씀을 드리고 싶습니다.

이 책이 저자가 의도한 대로 세상을 향해 첫걸음을 내딛는 우리 아이들에게 힘이 되어주길 그리고 학부형들에겐 잘 준비된 유학이 어떤 것인가에 대한 지침서가 되어주길 기대해 봅니다.

조기유학은 '선택' 이 아닌 '필수'

북경시 제25중학 국제부
이사장 김성조

매년 10만 명을 중국에 보내 중국을 아는 전문 인재로 키우겠다는 것이 미국의 정책이라는 보도를 접했습니다. 가까운 미래에 중국이 세계 경제를 리드하는 국가로 변신하리라는 생각은 누구도 부정하지 않습니다.

"자식에게 중국어를 가르치라"는 투자의 달인 짐 로저스 회장의 조언은 지금 우리에게 많은 것을 생각하게 하고 있습니다.

지금 중국은 우리에게 최대 수출국이자 최대 수입국이며, 마지막 남은 기회의 땅이라고 말합니다. 그러기에 우리는 중국을 알아야 합니다. 중국 언어를 배우고 중국 문화를 익히며 중국 사람과의 관계 속에서 새로운 우리의 진로를 찾아야 하는 것이 우리의 현실인 것입니다.

그래서 조기유학은 우리에게 '선택' 이 아니라 '필수' 인 것입니다.

10년 전 중국 조기유학의 필연성을 많은 분들에게 말씀드렸지만 귀 기울이는 부모님은 아주 소수에 불과하였습니다. 유학을 보내는 부모님들조차도 건강한 목적으로 유학을 보내기보다는 한국 교육 현실의 대안으로 또는 도피하듯이 중국유학을 택하는 부모님들이 많았습니다. 그리고 그 부모님들은 중국유학은 내 손안에 있다는 생각으로 교육 현실과는 맞지 않은 쉬운 결정들로 많은 유학생들은 중국의 나쁜 습성들을 배우며 탈선으로 중국 사회에서조차 문제가 되어버렸습니다. 생활 관리의 부재로 인하여 밤늦도록 방황하는 우리의 자녀들을 보면서 정말 가슴 아파할 때가 한두 번이 아니었습니다.

돈을 벌려는 중국의 학교들은 돈의 개념으로 유학생을 입학시켰고, 많은 학교들은 유학생에게는 아무런 관심도 없이 공부와는 거리가 먼 졸업장 장사꾼으로 변해버렸습니다. 한국 유학생을 입학시킨 여러 학교들을 방문하면서, 책상위에 책도 없이 잠자고 있는 학생들이 한국 학생이라는 지적에 얼마나 부끄러워했는지 모릅니다. 최근 들어 양심이 있고 교육에 대한 열의가 있는 중국 학교들은 한국 학생들을 아예 입학시키지 않는 상황에까지 이르렀습니다. 이것은 중국을 제대로 모르고 아무런 생각이나 계획도 없이 자녀를 중국으로 내몰아세운 부모님의 그릇된 생각 때문입니다. 또한 교육에 대한 철학이나 아무런 책임감도 없이 중국과 연관된 교육 사업을 하는 우리 모두의 책임입니다.

그러나 중국은 피할 수 없는 우리의 대안입니다. 그래서 우리는 조기유학에 대한 철저한 분석과 준비가 필요합니다. 유학하는 자녀에게 뚜렷한 목적의식을 심고 꿈을 심어주어 유학의 필요성을 인식하게 해야 합니다. 목적이 뚜렷하고 꿈이 있는 학생은 탈선하지 않습니다. 다만, 학생들이 공부하는 양이 많아져서 공부로 인하여 유학생활이 힘들어질 수밖에 없습니다.

무엇보다도 유학생에게 뚜렷한 목적의식을 심어주어야 합니다. 그러기 위해서는 무엇을 선택할 것인지 스스로 답할 수 있도록 학교는 지도하고, 부모님은 한편이 되어 주어야 합니다.

언젠가 밤늦은 시간, 어떤 부모님으로부터 전화가 왔습니다. 학교의 공부하는 분위기가 좋지 않으니 공부 좀 열심히 할 수 있도록 다른 학교로 옮겨달라는 자녀의 간청을 대신하는 전화였습니다. 그런데 우스운 것은 이 학생은 전혀 공부를 하지 않는 문제의 학생이었습니다. 심지어 다른 학생들의 공부 분위기조차도 흐리는 그런 학생으로, 이미 선생님들의 회의에서 다음 학기에는 학교를 옮기도록 권유하자고 했던 학생이었습니다.

이런 일도 있었습니다. 늦은 밤 시간 고등학생쯤으로 보이는 여학생이 PC방에서 남학생들과 어울려 나오면서 부모님으로부터 온 전화에 대한 응답입니다. "엄마! 나 학교에서 공부하다가 기숙사에 가고 있어." 늦은 밤 엄마는 딸이 대견하기만 할 것입니다.

귀한 자녀의 유학생활이 성공적이기를 원하신다면, 그리고 좋은 학교와 선생님을 선택했다고 생각하신다면 선생님과 자주 상의를 해야 합니다. 상담시 선생님 말씀을 90% 이상 믿고, 사랑하는 내 자녀에게는 10%의 믿음만 주면 됩니다. 그러면 중국 조기유학은 반드시 성공할 것입니다.

우리 학교를 졸업하고 청화대학 3학년에 재학 중인 여학생이 있습니다. 몇 주 전 교회에서 나를 보고 반가워하며 "저 학교에서 2등했어요"라고 말하는 그 아이를 잊을 수가 없습니다. 최고의 대학에서 중국 학생들을 제치고 2등을 했다는 우리의 사랑스런 아이들이라 할 수 있습니다.

우리의 자랑이자 꿈이며, 미래인 우리의 자녀들이 중국유학에 성공할 수 있도록 구체적인 방법을 안내하고 있는 홍성종 원장님의 책이 출간된다고 하니 참 반가운 일입니다. 이 책은 조기유학을 희망하는 학생과 학부모가 공통으로 읽어봐야 할 내용으로 채워져 있습니다. 중국유학에 꼭 필요한 유학 정보를 담고 있는 이 책이 중국유학을 희망하는 학생들과 학부모에게 많은 도움이 되리라 믿습니다. 성공적인 중국유학을 준비하는 모든 분들이 중국유학 준비에서부터 현지 적응과정까지 이 책을 참고하여 성공적인 중국유학 생활이 되시기를 진심으로 기원합니다.

알찬 내용으로 가득 찬 책을 쓴 홍성종 원장님의 노고에 다시한 번 감사의 말씀과 심심한 존경을 표합니다.

유학 준비에서부터 성공적으로 마칠 때까지…

'중국유학에 있어 정답은 없다' 라는 말이 있다. 이는 중국 유학의 현실적인 문제점들로 인하여 그 누구도 학생과 학부모에게 올바른 중국유학 방법을 제시하지 못해서 생겨난 말이다.

그러나 필자는 성공적인 중국유학에 있어서 정답까지는 아닐지라도, 가장 좋은 방법은 분명히 있다고 생각한다.

지금의 중국유학 환경은 예전과는 많이 달라졌다. 외적인 면으로는 부모의 강제가 아닌 자신의 선택에 의해 유학길에 오르는 학생의 수가 꾸준히 증가하고 있고, 그 학생들의 실력 또한 영어와 수학 과목의 기초가 탄탄한 중상위권 학생들이 많아지고 있다. 내적으로는 중국 내에서 공부하고자 마음만 먹는다면 아직은 미흡하지만, 분명 도움이 될 수 있는 여러 유익한 유학 환경이 갖추어지고 있다. 다만, 아쉬운 점은 이러한 환경 속에서 성공을 꿈꾸는 중국유학생들에게 누구 하나 이렇다 할 방법은 제시하지 못하고 있다는 것이다.

시중에 중국유학 관련 책들도 많이 있고, 저명인사나 교수님이 쓰신 책도 눈에 보인다. 그러나 그 책의 내용들은 중국유학에 대한 이론적이고 일반적인 것들이 거의 대부분이라 중국유학생들에게 현실적으로 꼭 필요한 문제점을 해결할 수 있는 부분과 가장 중요한 성공적인 방법론에 대해서는 많이 부족하다 여겨진다.

이 책은 지금도 현지에서 성공적인 중국유학을 위해 노력하고자 하는 마음은 있으나, 그 방법을 제대로 알지 못하여 시간을 허비하고 있는 많은 중국유학생들을 위해 쓰였다.

다른 책에 비해 전문적인 내용은 부족할지 모르나, 성공적인 중국유학에 있어 필자가 생각하는 여러 방법을 자세히 기술하였고, 다른 책에서는 볼 수 없는 중국유학 중 영어와 중국어를 동시에 잡을 수 있는 방법과 잘 알려지지 않은 중국 내에서의 홈스테이와 기숙사에 대한 부분까지도 자세히 기술하였다.

책 내용에 있어 중국유학생을 위한 실질적인 중국유학 준비에서부터 성공적인 중국유학을 마칠 때까지 반드시 알아야 하는 전반적인 과정과 내용은 모두 담았다고 자부한다.

필자가 전문 집필가가 아니기에 내용과 문맥에 있어서 많이 부족함을 느끼지만, 중국유학을 생각하는 모든 이들에게 직접적인 큰 도움이 되리라 생각한다.

중국유학은 비판하려면 끝이 없다. 하지만 준비와 노력이 겸비되어 있고 올바른 방법을 통하여 한걸음씩 나아간다면 누구나 후회 없는 성공적인 중국유학생활을 할 수 있을 것이다.

　이 한 권의 책이 중국유학을 준비하는 많은 청소년들과 학부모들에게는 좋은 길잡이가, 현지에서 방황하는 모든 중국유학생들에게는 작은 용기와 희망이 되었으면 한다. 부족한 이 글들을 읽고 필자에게 남기고 싶은 말들이나 미처 생각지 못한 수정이 필요한 부분들이 있다면 필자가 직접 운영하고 있는 홈페이지(http://www.haot.co.kr) 게시판에 글을 남겨주기를 바란다.

　아울러 중국 조기유학과 관련하여 더 많은 정보와 조언이 필요하신 분들은 홈페이지 게시판이나 이메일(haoteacher@hanmail.net)로 상담을 요청하시면 부족하나마 도움이 되도록 최선의 노력을 다할 것이다.

　마지막으로 모든 영광을 하나님께 돌리며 항상 나를 위해 기도해 주시는 부모님과 형님 가족 그리고 내 사랑하는 아내와 딸 은진이에게 이 책을 바친다. 아울러 이 책이 나오기까지 도움을 주신 도서출판 〈북갤러리〉 사장님과 수정을 도와준 동생 신영이에게도 진심으로 감사의 마음을 전한다.

2010년 6월

홍성종

C O N T E N T S

STEP 05. 중국어와 영어

STEP 06. 성공적인 중국유학 방법에 대하여

중국유학 성공의 길

누구나 원하는 중국유학 성공의 길이 있습니다.

처음에 그 누군가는 성공을 꿈꾸고 큰 희망을 갖고 시작하지만, 가다보면 쉽게 지치고, 혼자서는 힘들다는 생각을 하게 됩니다.

혼자서는 힘든 그 길이기에 누군가의 도움이 필요합니다.

선생님, 부모님, 친구들의 도움도 중요하지만, 가장 큰 도움은 학업적으로 누가 목표를 심어 주고, 후회 없는 중국유학을 위해 누가 비전을 제시해 줄 수 있는지가 중요합니다.

사람이 살다보면 결과보다는 과정에 충실하라는 말을 듣게 됩니다. 또, 비록 결과가 안 좋을지라도 과정이 좋았다면 떳떳할 수 있다고도 합니다. 그러나 중국유학만큼은 그렇지 않습니다.

과정보다는 결과가 성공적인 중국유학을 했다는 증거가 됩니다. 다른 분야는 과정이 안 좋아도 요행으로 결과가 좋은 경우도 있지만, 중국유학의 성공엔 요행이 있을 수 없습니다. 중국유학만큼 은 올바른 학교선택, 학습, 끈기 있는 노력의 과정을 거쳐야만 성 공할 수 있기에 그렇습니다.

중국유학에서 올바른 과정을 거치지 않고 성공한다는 것은 만 무하기 때문에, 혹 과정이 좋지 않음에도 좋은 결과를 얻고자 하 는 바람은 없어야 할 것입니다.

많은 사람들이 '양날의 검'이라는 중국유학. 이 책으로 인해 많 은 학생, 학부모들께 성공적인 중국유학을 위한 하나의 길을 제시 할 수 있었으면 하는 바람입니다.

－북경 행 기내에서 필자가

STEP 01
중국유학 떠나기 전
기초다지기

중국유학의 필요성

중국유학의 필요성에 대해서는 예전부터 관련된 수많은 의견들이 있다. 필자도 여기에 몇 가지를 첨부하고자 한다.

앞으로의 미래에 대해 중국을 빼놓고는 얘기할 수 없음은 누구도 부인하지 못할 것이다. 그러나 중국의 잠재능력, 앞으로의 세계경제 시장구도 변화에서의 중국의 역할 등은 이미 수많은 전문가들 사이에서 뜨거운 논쟁이 되고 있으므로 그 부분은 잠시 접어두고, 필자는 순수하게 중국유학을 바라보는 시각으로 얘기하고자 한다.

현재 중국유학의 여론을 찬반 양쪽으로 본다면 모두 '맞다!' 고 생각한다. 찬성하는 입장은 앞으로의 미래를 위한 또 하나의 교육

투자라고 생각하고, 반대하는 입장은 나날이 늘어나고 있는 중국 유학 학생 수에 비해 현실적으로 우수한 유학 인재를 배출하지 못하는 지금의 교육이 비효율적이라 생각할 것이다.

다음과 같은 이유로 필자는 중국유학을 옹호해보고자 한다.

예를 들어, 중국으로 떠난 학생들 중에 30% 정도만 소위 말하는 전문가들이 납득할 만한 수준의 성공적인 유학을 마쳤고, 나머지 70%는 현지에서 적응하는 것이나 유학생관리의 부실, 좋지 않은 유학 환경 등의 이유로 중국 현지에서 그럭저럭 졸업장만 받았다고 하자. 그렇다고 중국유학을 가면 안 된다고 할 수 있는가?

중국유학에 대해 비판적인 시각을 갖고 있는 분들이 생각하는 영어권의 유학은 어떠한가? 필자가 보기에는 중국유학과 크게 다르지 않다고 본다. 좀 더 선진국 문화에 들어가는 영어권 나라들의 한국 유학생들도 성공적인 유학을 경험한 학생들과는 달리 소위 말하는 실패(?)한 유학을 경험한 학생들도 굉장히 많다.

어떤 부분에서는 영어권 유학이 중국유학보다 더 위험한 수위에 있다고 볼 수도 있다.

중국유학의 비판의 목소리는 영어권 선진국보다 낙후된 환경, 아직은 공산주의적인 교육방식, 문화의 차이, 짧은 유학 역사로 인한 다양한 교육방식의 부재 등의 이유일 것이다. 또한 기존의 유학생들이 상당수 도피를 목적으로 유학을 선택했거나 학업능력이 낮은 학생들이 가다보니 현지 교육환경에 적응하지 못해 실패한 부분도 있었고, 유학생관리 또한 중국이라는 국가적 특수성 때문에 완전하게 틀을 잡지 못한 문제도 있었다.

그럼에도 불구하고 중국유학은 충분한 가치가 있다.
첫째, 환율이 오름세이기는 하나 그래도 영어권보다는 저렴한 학비와
둘째, 앞으로의 중국어에 대한 수요의 꾸준한 증가와 경쟁력 제고
셋째, 예전과는 달리 도피성 유학이 아닌 우수한 학생들이 선택하는 현실
넷째, 지금의 중국유학은 수년간 시행착오를 거치면서 어느 정도의 성공답안은 나왔다고 할 수 있다는 것 등을 손꼽을 수 있다.

아직은 중국의 우수대학을 졸업했다고 해서 모든 것이 보장되는 시기는 아니다.
그러나 그것은 우리나라의 일류대학도 마찬가지일 것이다. 출발선상에서 남들보다 앞서나갈 수 있는 것은 사실이지만 대학만으로 모든 것이 보장되는 시기는 지난 것이다.

하지만 앞으로의 중국은 지금과는 크게 다를 것이다.

예를 들어, 현재 중 2 나이의 남학생이 중국유학을 갔다고 하자. 중국에서 중·고등학교 5년, 대학교 4년, 군대 3년 즉, 대학원을 안 간다고 하더라도 12년 후의 중국의 모습을 지금 상상할 수나 있을까?

결국 하나의 교육투자이지만, 국내에서의 교육과 달리 좀 더 좋은 환경에서 교육을 받고 어린 나이에 세계인의 꿈을 키워나가는 것이 유학이라고 한다면, 중국유학으로의 선택은 결코 후회 없을 것이다. 다만, 이를 위해서는 학부모와 학생 그리고 가장 중요한 현지 학생의 멘토. 이 3박자가 맞아야 할 것이다.

왜 북경인가?

중국에는 수많은 학교가 있다. 필자가 운영하는 유학원의 경우, 북경에 위치한 학교만 수속과 관리를 담당하고 있다. 처음 유학 일을 시작한 7년 전만 해도 중국의 거의 모든 지역을 모두 담당했던 것으로 기억한다. 그러나 지금 필자에게 중국유학에 적합한 지역을 추천해 달라고 하면, 주저 없이 북경을 최우선적으로 꼽는다.

다음과 같은 이유에서다.

첫째, 오랜 역사와 풍부한 경험

북경 내 학교들이 가장 오래된 유학 환경을 가지고 있으며, 그 동안 여러 시행착오를 거치면서 부족하나마 한국 유학생들에 대한 관리를 가장 빨리 정착한 곳이다. 북경은 중국의 수도로서 표준어를 사용하며, 중국 내 최신기술의 중심지역이기도 하다. 또한 표준어의 교육환경으로서 한국 유학생들의 관리경험이 풍부한 학교들이 대부분이다.

둘째, 중국 대학 입시준비의 최적화

중국 기타 지역에서는 상해 1~2곳을 제외하고는 입시학원을 거의 찾아볼 수 없다. 그러나 북경 내에서는 명문대학들이 즐비하기도 하지만, 한국에서처럼 유명 입시학원들이 우다코(五道口)지역과 왕징(望京)지역에 다수 분포되어 있다. 특히, 우다코지역에는 한국에서도 이름만 들으면 알 수 있을 만한 유명 입시학원들이 많으며, 왕징지역에는 아파트 주변으로 상당수의 보습학원들이 있다. 그만큼 북경지역이 교육의 요충지임을 보여주고 있다.

셋째, 우수한 과외 교사진

북경에 한국 조기유학생들이 많다 보니 과외 교사진 역시 한국 학생들과의 오랜 과외경험을 가지고 있으며, 북경 내 유명한 대학의 과외선생님도 구하기 쉽다. 특히, HSK만을 전문으로 하는 과외교사들도 많기 때문에 짧은 시간에 큰 효과를 거둘 수 있다.

넷째, 주중과 주말 생활의 효율적인 활용이 가능

기숙학교가 안 맞는 학생들이 학교를 통학하고, 주말에 다양한 활동을 할 수 있는 가장 좋은 지역이 북경이다.

한국 학생들 중 기숙학교가 안 맞는 학생들이 의외로 많다. 지방의 대다수 학교들은 100% 기숙사제도로 되어 있거나 주택과는 상당히 먼 거리에 학교가 있어서 통학이 불가능한 경우가 많지만, 북경에 있는 대부분의 학교들은 기숙사 생활과 통학, 둘 다 가능하다. 아울러 주말에도 여러 가지 다양한 교외 활동 프로그램이 가능한 곳이다. 단적인 예로, 북경은 수도이기에 앞서 다양한 문화재(천안문 광장, 이화원, 만리장성 등)가 많이 있는 곳으로서 처음 현지에서 주말을 보내는 학생들에게 다양한 중국 문화를 접할 수 있는 학습 장소이기도 하다. 물론 추후에 거론하겠지만 북경 유학생들의 주말문화에 대해서는 비판할 부분도 많이 있다. 그러나 학습적으로 활용만 하려고 한다면, 문화적으로도 타 지역과 비교할 수 없을 정도로 좋은 환경이라고 생각한다.

그렇다고 해서 북경 외의 타 지역의 학교를 무시하는 것은 아니다. 현지에서 어려운 가운데 최선을 다해 공부하는 학생과 관리하는 학교들도 있다. 오히려 가장 유학생이 많은 지역이 북경이기에 단점들이 쉽게 눈에 들어올 수도 있다.

그럼에도 불구하고 북경을 중국유학을 하기에 가장 적합하고, 최우선적으로 추천할 만한 지역이라고 말하고 싶다.

중국유학의 시기

유학 시기는 중국유학뿐만 아니라 타국의 경우도 마찬가지일 것이다.

여러 전문가들의 경우 유학 추천 시기로 초등학교 연령대를 많이 선호한다. 이는 과학적으로도 검증된 것이기에 말할 필요도 없을 것이다. 언어를 받아들이는 속도, 아이가 인지하는 교육환경에 대한 친밀도 등 아이의 학습향상에 있어서는 중·고등학생에 비할 바가 아니다. 특히, 중국유학에서도 초등학생의 경우 중국인반에서 적응하는데 중·고등학생보다 최소 1년 이상 빠르다고 할 수 있다. 교과서가 쉬운 이유도 있고, 중국 학생들과의 친밀한 교류, 중국 초등선생님의 영향도 크다. 하지만 무엇보다 아이의 적응력이 가장 높을 때이기 때문이다.

예전에 필자가 관리했던 초등학교 3학년생의 경우도 언어를 받아들이는 속도가 중·고등학생에 비해 거의 두 배나 빠르다는 것을 느낄 수 있었다.

초등학교 학과수업이 쉬운 면도 있지만 중국 친구들과 손쉽게 사귀고, 그 친구들과 어울리며 자연스럽게 공부하는 법을 배우는 것을 보면서 '조기유학은 빠르면 빠를수록 좋다'는 말이 실감날 정도였다.

한 예로 예전에 관리했던 고등학생(중국유학 2년차, 국제학력반에서 수업 중이었음)들과 이 초등학생을 데리고 중국의 한 음식점에 간 적이 있었다. 종업원들과의 대화 속에서 또는 여러 주제를 가지고 중국어가 오고 가는데, 그 초등학생이 개인적으로 필자에게 하는 말이 있었다.

"원장님, 형들 중국어 발음이 이상해요……."

중국에 온지 6개월밖에 안 된 학생이 2년 이상 공부한 형들의 중국어 발음을 듣고 한 말이었다.

그러나 다양한 연령대의 학생들을 유학 보내고 관리해 본 필자 개인의 생각에서 말한다면 조기유학의 가장 좋은 시기는 중학교 1학년에서 중학교 2학년 정도가 아닐까 싶다.

초등학생의 경우 아직은 부모님 품에 있어야 할 나이이기도 하고, 아이의 정체성이 전혀 성립되지 않은 상태에서 아이만 혼자

유학을 보내는 것은 너무나 위험한 일이다(어떤 책에서 아이의 성향이나 성격은 초등학교 때 대부분 만들어진다는 내용을 읽은 기억이 난다).

실제로 타 유학원에서 초등학교 4학년 학생을 혼자 유학보낸 적이 있는데 2년 동안 유학을 하면서 어학실력은 상당히 좋아 졌으나, 아이의 말과 행동이 또래 학생들과 달라서 치료의 목적으로 다시 한국으로 돌아간 사례가 있었다. 물론 모든 초등학생들이 혼자 유학을 왔다고 해서 그 학생처럼 된다는 것은 아니지만, 이러한 문제점도 있으니 초등학생 아이를 혼자 유학 보낼 때는 신중히 생각해 봐야 한다는 것이다.

그러므로 필자는 학부모와 함께 중국에 오는 경우가 아니라면 초등학생 혼자 중국유학을 보내는 것은 다시 한 번 생각해 보라고 권하고 싶다.

중학교 1학년이나 2학년의 경우에는 부모님과 떨어져도 심리적으로 부담이 적고, 어학습득 속도 또한 초등학생과는 비교할 수 없지만, 고등학생들보다는 상당히 빠르다는 것을 알았으면 한다.

대부분의 경우 중학교를 마치고 유학을 오는 경우가 많은데, 그것은 현실을 잘 몰라서 그러는 것이다. 일반적으로 유학생활을 하면서 중국어 기초를 마스터하는 데 걸리는 기간을 1년에서 1년 반정도로 보고 있다. 그럴 경우 고등학교 2학년 2학기부터는 중국 대학 대입준비를 해야 함으로, 결국 한어반과 학력반에서 고등학교 과정을 다 마치고 중국 학생들과의 차반수업은 한 번도 경험해 보지도 못한 채 대학에 진학해야 한다는 결론이다.

　할 수만 있다면, 중국유학은 국내에서 초등학교를 졸업한 직후 또는 중학교 1학년 정도의 학업을 마치고 오는 것이 가장 좋지 않나 싶다. 그리고 나서 1년 동안 한어반과 학력반에서 기초를 마스터한다면 고등학생들에 비해 훨씬 쉽게 중국유학을 맛볼 수 있을 것이다.

　또한 그 연령대에는 중국어와 영어를 동시 학습하는 것이 수월하다. 이 부분은 추후에 다시 자세히 거론하도록 하겠다.

중국 학교 분류

중국의 학교는 크게 사립학교와 공립학교로 나뉘며, 이 중에서도 그 해당 지역에서 진학이나 성적, 학업관리 등의 우수성을 검증받은 우수 학교를 시범학교(예전에는 중점학교)라 한다(중국의 시범학교란 중국 국가교육위원회가 학교의 교학내용, 교학의 질과 교사진의 우수성, 명문학교 진학률, 교내 기반시설 등 여러 항목에 걸쳐서 구체적으로 평가하고 그 우수 학교들 가운데 한 해 선발한 것을 일컫는 말이다. 초등·중학교는 의무교육이어서 시범학교라는 개념이 없지만 시와 구에서 평가를 하고 있고, 시험을 보고 들어가야 하는 고등학교부터는 시와 구에서 시범학교를 지정해 관리를 하고 있다). 그러나 중국 학생들의 시범학교가 꼭 한국 학생들의 시범학교는 아니라는 사실은 알아야 한다.

시설 면에서도 분명 차이가 난다. 국립학교의 경우 시설을 보면 전통적이고 약간은 고전적인 모습의 잘 정돈된 느낌이고, 사립학교의 경우 대체적으로 큰 면적에 학생들을 위한 다양한 교육시설과 여가시설이 많이 있다. 사립학교에서 실험학교도 찾아 볼 수 있다. 대개 실험학교라고 하면 학부모들은 왠지 과학과 관계가 있을 것이라 생각하는데 그게 아니다. 학생을 가르치는 시스템 또는 교과서를 학교 자체적으로 선택하여 가르치는 것을 말한다.

그 외에 국제학교도 찾아볼 수 있다. 한국주재원 자녀가 많이 다니는 한국 국제학교도 있고, 외국 국적의 여러 영어권 국제학교도 찾아볼 수 있다. 거의 대부분의 수업을 한국과 동일하게 진행하기 때문에 나중에 한국으로 돌아올 경우를 생각한다면 한국 국제학교가 적합하다.

상담을 하다보면 어떤 학부모들은 중국 학교 중에서도 역사와 전통이 있는 학교 그리고 북경 내에서도 가장 중심가 또는 고위층 자제가 다니는 학교에 입학을 희망하는 분들이 있다.

그러나 그런 종류의 학교는 처음 유학을 가는 학생들에게는 아직 시기상조라 볼 수 있다.

필자 개인적으로 중국 학교를 나누어 본다면 이렇게 볼 수 있다.
- 처음 유학을 가서 적응하기 좋은 학교, 한어기초반을 잘 가르치는 학교

- 중국인반이 우수한 중학교, 고등학교
- 국제부에서 운영하는 국제반(또는 국제학력반)이 좋은 학교
- 고 2, 고 3 입시준비가 좋은 학교

어떤 학교들은 마치 본인의 학교에서 기초반부터 국제반, 차반 (중국인반), 입시반까지의 모든 과정을 다 할 수 있고 최고인 것처럼 얘기하나, 모든 학년 과정에서 만족할 만한 결과를 얻을 수 있는 학교는 찾기 힘들다.

처음에는 중국 학생들에게 우수한 시범학교나 전통 있는 학교 위주로 찾을 것이 아니라, 중국에 첫 발을 내딛은 새내기 유학생들의 기초를 잘 잡아주고, 현지 적응을 도와주는 학교를 찾아야 한다. 또한 학교 선택은 학생 개인이 본인의 실력과 수준에 맞추어 시기를 고려한 후에 선택해야 할 것이다.

중국 학교
국제부 운영형태

중국유학의 경우, 한국 유학생들이 각 성의 교육부가 인정한 학교 외에도 유학생 허가를 받지 아니한 순수 중국 학교에도 입학하는 경우도 있지만, 추후 여러 문제점들이 있기에 여기서는 정식 인가를 받은 국제부가 있는 학교를 살펴본다.

중국 조기유학 학교에서 '국제부'라 함은 말 그대로 외국 유학생들을 관리하는 부를 총칭하는 말이다. 즉, 우리나라 학교의 총무부, 교무부처럼 하나의 부서를 말한다.

이 국제부를 누가 어떤 방식으로 관리하느냐에 따라 형태가 나뉘어지는데 다음의 경우가 대부분이다.

- 현지 중국 학교의 교직원(중국인)이 운영하는 형태

- 중국 학교측에서 교직원으로 한국어가 가능한 조선족이나 한국인을 뽑은 경우
- 국제부를 현지에 사는 한국인 또는 업체가 담당하거나 국내 유학원이 관리하는 경우

국제부를 현지 중국 학교 교직원이 담당하는 경우 거의 모든 학생관리 방식이 중국 학생들과 동일하다. 어떤 학부모들은 중국에 유학을 갔으니, 당연히 모든 학습관리방식을 중국 학교에 맞추어야 하지 않느냐고 말할 수도 있겠지만, 생각보다 쉽지 않다. 공산주의적인 사고방식의 학교와 이를 어릴 때부터 받아들인 중국 학생들 속에서 우리나라 교육환경에 익숙한 학생들이 언어도 부족한 가운데 학교에서 적응을 잘하기를 바라는 것은 쉽지 않은 생각이다.

게다가 국제부 담당이 중국인이다보니 학생들이 처음 유학을 가서 이것저것 궁금한 거나 곤란한 일, 건의할 일이 있어도 언어소통이 안되기 때문에 먼저 와있는 중국어를 잘 하는 한국 친구들에게 의존해야 한다는 단점이 있다. 물론 국제부 교직원이 조선족인 학교에서 별도로 채용한 한국인이 있는 경우가 가끔 있지만, 그 또한 모든 학생 관리의 부분이 중국 학생과 동일하므로 효율적인 부분은 조금 다른 측면에서 생각해봐야 할 것 같다.

그런가 하면 중국 학생과는 너무도 다른 한국 학생들의 사고방

식, 환경, 학습과정 등을 좀 더 효율적으로 관리하기 위하여 학교 측에서 국제부 담당을 현지에 사는 한국인 또는 업체에 위탁하여 담당하도록 하는 경우가 있다. 국내 유명 포털사이트에서 광고하는 학교는 대부분 이런 경우이다.

한국인이 국제부를 담당하게 되면 여러 가지 장점들이 있다.

입학과정에 필요한 상담이나 구비서류도 간소하고, 학생뿐 아니라 학부모들도 언제든지 상담이 가능하다. 학생들이 건의할 사항도 그때그때 할 수 있고, 학업적인 면도 한국 유학생들을 별도로 관리하기에 좀 더 효율적으로 진행할 수 있다.

또한 한국인에게 국제부 역할을 맡길 경우 대개 학교측에서 한국 유학생관리를 일임한 경우가 대부분이기 때문에 교육철학만 있는 분이라면 얼마든지 별도 교육과정을 통하여 빠르게 중국유학에 적응할 수 있도록 도울 수 있다.

그러나 비용의 차이를 무시할 수 없다. 순수 중국 학교보다 국제부 인가를 받은 학교에 입학할 경우 중국 학생보다 학비가 2배~3배로 비싸다. 또한 한국인 또는 업체가 국제부를 운영할 경우 거기에 여러 가지 명목으로 관리비를 부가하기 때문에 그보다 더 비싼 학비가 된다는 것도 감안해야 한다.

그렇다면, 유학을 보내는 입장에서 중국인이 운영하는 국제부에 보낼 것인가, 아니면 한국인 또는 한국 업체에서 운영하는 국제부에 보낼 것인가는 수요자 선택의 몫이다. 하지만 중국유학이라는 특수성에 기인한다면 중국유학 초기에는 한국인이 운영하는 국제부 또는 중국 학교이지만, 방과 후에는 유학원이 직접 운영하는 홈스테이를 통해 관리해 주는 것이 바람직하지 않나 싶다.

나중에 학생이 중국인반(차반)에서 중국 학생들과 경쟁해도 중간 정도의 성적을 거둘 수 있는 실력을 키운 상태라면, 그때는 본인이 원하는 중국 학교 국제부에 보내는 것도 좋다. 그때는 말 그대로 중국의 모든 교육환경을 몸소 혼자 체험해 볼 수 있다.

그러나 유학 초기에 혼자의 힘으로 모든 것을 해결해야 하는 순수 중국 학교에 간다면 여러모로 학생이 적응하기에 분명 어려움이 있을 것이다.

STEP 02
중국유학의 문제점
미리 알고 대비하자
– 중국유학 실정 알기

중국 학교의 문제점
– 한국 학생이 많은 곳으로 갈 것인가?
적은 곳으로 갈 것인가?

필자가 중국유학 상담을 하게 되면, 중국 학교 선택시 학부모들의 관심사가 그 학교에 다니고 있는 한국 유학생들의 수에 두는 경우가 많다. 그도 그럴 것이 여느 유학과 마찬가지로 외국에서의 교육환경에는 기존의 한국 유학생들의 영향이 많은 부분을 차지하기 때문이다.

어차피 떠나는 유학이라면, 가장 빠른 시간 안에 중국어를 습득할 수 있도록 중국어만 사용할 수 있는 환경으로 만들어주겠다는 학부모들의 심정은 충분히 이해한다. 실제로 중국 북경 내 어떤 초등학교가 잘 가르치는데 한국 유학생이 별로 없다고 소문이 나면, 중국에 살고 있는 초등학생 학부모들로 인해 다음 학기에는 이미 한국 유학생들로 인산인해를 이루게 된다.

그렇다면, 중국 학교 선택시 학국 학생 비율이 적은 것이 좋은 것일까? 필자의 생각으로는 초등학생은 가능하나, 중·고등학생은 그렇지 않다고 본다.

모든 것을 순수하게 받아들이는 초등학생의 경우 낯선 환경에 금방 적응한다. 중국 친구들과 어울려 금세 친해지고, 선생님을 대하는 태도도 좋고, 다행히 공부 또한 초등학교 교과 수준이기에 다른 중·고등학생들보다는 쉽게 학습내용을 따라간다.

실제로 한국인이 없는 초등학교에 가서도 잘 적응하고, 공부도 열심히 하는 한국 초등학생들을 쉽게 볼 수 있다. 이는 같은 나이 또래의 중국 친구들이 스스럼없이 다가와 빨리 학교에 적응을 한 이유이기도 하다.

하지만 중·고생은 그렇지 않다. 한국 학생들도 이미 어느 정도의 자아가 형성되어서 외국문화에 쉽사리 적응을 못하는 경우가 많다. 중국 친구를 사귀려면 엄청난 노력이 필요하지만, 자존심과 부족한 중국어 실력으로 인하여 중국 친구를 만들기도 힘들고, 학업내용도 상당히 어렵기 때문에 혼자서 따라가는 것은 거의 불가능하다고 봐야 한다.

그러면 처음 온 한국 학생들을 어떻게 기초교육을 시키고, 어느 시점에서 중국인반으로 넣어야 할까. 만일 중국어 기초는 있으나 아직 중국인반에는 들어가지 못하는 정도의 실력을 가진 학생들은 어떻게 해야 할까.

이때 소위 말하는 '관리' 라는 것이 학교 차원에서 요구되어진다.

중국에 처음 유학 온 한국 학생들을 학교에서 어떻게 관리해 줄 것인가는 매우 중요하다. 무조건 한국 유학생들이 많다고 나쁘게 만 볼 것이 아니다. 그 학교에 한국 유학생이 많다는 것은 그만큼 한국 학생들을 관리해본 경험이 많다는 것을 의미하기 때문이다.

물론 추후에 다시 거론하겠지만, 한국 유학생이 많은 학교에서 는 크고 작은 문제점들도 많이 나타난다. 그러므로 중국 학교 선 택시 한국 학생 수의 많고 적음에 초점을 맞출 것이 아니라, 그 학교가 어떠한 관리를 얼마만큼의 기간 동안 수행해 오고 있는지 에 관심을 두어야 할 것이다.

중국인 선생님과
중국 학생들, 문화의 차이

한국의 학부모들 중에는 내 아이가 중국으로 유학을 가면 기존에 중국 선생님이나 중국 친구들이 아주 잘해 줄 거라 예상하시는 부모님들이 의외로 많지만, 실상은 그렇지 않다. 초등학교의 경우 일부 기대에 부응을 할 수 있겠으나, 일반적으로 중학교나 고등학교들의 경우는 전혀 예상을 빗나간다. 이미 중고생 나이의 학생들은 중국에 가도 환경에 적응하기가 쉽지 않다.

그것은 여러 가지 이유가 있는데 가장 기본적으로는 한국 선생님과는 다른 중국 선생님의 교육방식의 문제에서 찾아볼 수 있다. 예전에 만났던 중국 선생님이 한국 유학생에 대한 불만을 얘기하면서 이해가 안 가는 것 중 하나가 선생님이 어떤 지시를 했을 때 거의 모든 중국 학생들은 "네!"라고 하지만, 한국 학생들은 일단

"왜요?"를 외친다는 것이다. 선생님의 요구에 무조건 순응하는 공산주의적인 사고방식에서는 있을 수 없는 일이라는 것이다.

　학업과정도 그렇다. 일단, 중국 중·고등학교의 교과서는 초등학교와는 달리 어렵다. 중국 초등학교의 기초과정 없이 바로 중·고등학교에 입학할 경우 수업을 따라가기가 쉽지가 않다. 또한, 중국 학생들도 초등학교 때와는 달리 중·고등학생이 되면 한국인 학생이더라도 처음에만 신기해 할 뿐 대화가 통하지 않으면 최소한의 관계만 유지한다. 말 그대로 학교에 가서 인사만 하고 마는 것이다. 선생님들 또한 중국 학생들 위주의 수업이기에 한국 유학생들이 학업내용을 따라오지 못하더라도 거의 대부분 신경 쓰지 않는다. 오히려 수업에 방해가 되기에 교실 맨 뒷자리에 앉힌다. 이는 중국 학부모들의 요구도 한몫한다. 중국 학부모들의 교육에 대한 열기는 우리나라 못지않기에 한국 유학생이 수업 분위기를 저해한다면 당장 교장실로 몰려간다.

　그러다보니 학교 측에서도 중국인반에 있는 한국 유학생이 수업을 못 따라와도 그대로 방치할 수밖에 없다. 학교 과제물도 한국 학생들은 당연히 안했을 거라 생각하고, 선생님은 검사조차 안한다. 이런 상황이다 보니 중국인반에 있는 한국 학생들의 경우 중국어 실력이 없다면 선생님과 중국 친구들 그 누구에게도 관심을 받지 못하고 자리만 차지하는 경우도 허다하다. 섣부른 중국인반의 합반이 안 좋다는 이유가 바로 이 때문이다.

때때로 중국 학교에서 한국 유학생들을 위해 학교 도우미 또는 안내 도우미라는 명칭으로 중국 학생을 한국 유학생 1명당 지정하여 친구로 맺어주는 경우도 있지만, 그 또한 좋은 결과를 낳지는 못했다.

진정한 중국 친구, 학교 선생님과의 관계를 원한다면 가장 급선무는 중국어 실력의 향상에 있음을 명심해야 할 것이다.

기존 한국 유학생들의
문제(선배, 후배, 친구)

많은 학생들이 중국유학의 답을 얻기도 전에 중국 유학 생활의 정답을 그 선배, 친구, 후배에게서 찾는다.

중국유학을 떠나와서 기숙학교에 입학하였다면 가장 많은 하루 일과를 같이 보내는 것은 당연히 기존의 한국인 선배, 후배, 친구일 것이다. 말 그대로 아침에 일어나면서부터 늦은 밤 잠자리에 들기까지 함께 생활하게 된다. 기존 유학생들의 사고방식, 생각, 학업태도 등 모든 것이 학생에게 그대로 전달된다.

학생이 주변 환경에 영향을 받는다는 것은 당연한 것이고, 그러기에 많은 학부모들이 좋은 교육환경을 찾기 위해 최선을 다한다.

개인적으로 중국 학교에 유학 중인 한국 유학생들을 분류해 본다면 기존 학교 학생들 중 30%는 공부를 열심히 하는 학생, 40%

는 반반, 나머지 30%는 공부에 관심보다는 다른 부분에 더 관심을 기울이는 학생이라고 봐야 할 것 같다. 결국은 그 30%의 학생들은 술, 담배를 다 한다고 봐야 하며, 내 자녀가 그 30%의 학생들 때문에 안 좋은 영향을 받을 수 있다는 것도 인지를 해야 한다. 물론 국내 학교에서도 술, 담배를 하는 학생들은 많다. 그러나 그곳은 중국이 아닌가. 부모의 간섭 없는 곳에서 학생으로서의 무분별한 탈선은 바로 잡기가 더욱 어렵다.

내 자녀는 의지도 굳고, 중국에 공부하러갔기 때문에 주위환경과는 달리 학업을 잘할 거라고 생각한다면 그 또한 큰 오산이다. 학생이 학교에 입학한 이상 '왕따'를 원하지 않으려면 선후배, 친구와 어울려야 한다. 선배 또는 친구가 '우리 주말에 어디 갈까?' 하는데 나 혼자 남아서 공부하겠다는 학생은 거의 없다. 어쩌면 많은 학생들이 공부 외의 노는 문화를 기존의 한국 유학생들에게서 배운다고 봐야 한다.

필자가 예전에 관리했던 학생들이 말하기를, 기숙학교에서 맘잡고 주중 또는 주말에 공부만 하기란 너무 힘들다고 한다. 오히려 주말만 되면 유학생들과 어디로 놀러갈지 의논부터 하고, 설사 주말에 나가지 않더라도 때때로 기숙사 내에서 고스톱이나 카드놀이도 많이 한다고 한다. 이성 문제와 성 문제는 말할 것도 없다. 이는 비단 중국뿐만 아니라, 거의 모든 나라도 비슷한 실정일 것이다.

고 3 수험생의 고민
- 학교인가? 학원인가?

중국에서 북경대학이나 청화대학의 경우 우리나라 최고의 대학보다도 외국 평가에서는 앞서는 중국 최고의 대학이다. 그 대학들은 중국의 수천 개의 중국 고등학교들 중에서 전교 1등도 가지 못하는 최고 수준의 대학임에도 단지 외국인이라는 이유만으로 우리 한국 유학생들은 그 대학에 쉽게(?) 갈 수 있는 자격이 된다. 한국 유학생들의 중국 대학입학은 '외국인 특별전형' 이라는 제도로 인해 중국 학생들과는 다르게 외국인들끼리 주요과목만 시험을 치러 경쟁을 하게 된다.

대부분의 고등학교에서는 고 3이 되면 본인이 가고자 하는 대학의 이과 또는 문과를 선택해야 한다. 중국인반에서 수업을 듣는 학생의 경우라도 중국인반에서 나와 입시반에 가게 된다. 중국 대학특례입학시 전 과목을 다 보지 않기 때문에 중국인반에서 수업하는 것은 시간낭비이기 때문이다.

결국 국제부에서 편성한 입시반을 가게 되는데, 대개의 경우 북경대 이과반, 북경대 문과반을 선택하게 된다. 그러나 여기에 문제가 있다. 북경 주요 대학의 입학요강과 나오는 학습방향이 다르기에 원래대로 한다면 북경대 이과반, 문과반, 청화대 이과반, 문과반, 인민대 이과반, 문과반 등 총 6개 반을 운영해야 한다. 그러나 한 학교에서 이 정도로 반을 운영하기에는 학생 수도 턱없이 부족하고 많은 비용을 필요로 하기 때문에 사실상 불가능에 가깝다고 봐야 한다. 또한 입시반을 맡고 있는 선생님들의 실력도 최고수준이라 말하기도 어렵다.

그런 의미에서 많은 학생들이 '입시학원'을 찾는다.

중국유학을 갔는데 '입시학원'이라는 말을 하면 대개 한국의 학부모들은 의아하게 생각할 것이다. 그러나 현실적으로 많은 학생들이 고3이 되면 중국 내의 입시학원을 찾게 된다. 북경만 해도 크고 작은 입시학원들이 즐비하다. 이 입시학원의 우수한 강사진과 소위 말하는 시험에 나올 만한 부분만을 정리해 주는 실력은 일반학교가 못 따라간다. 매년 북경대, 청화대, 인민대의 과반수 이상의 합격이 모두 입시학원 출신이라는 것은 통계로도 나와 있다.

필자가 입시학원에 대해 부정적인 생각을 갖고 있는 것은 아니다. 입시학원의 경우 매년 바뀌는 중국 입시에 대한 정보뿐만 아니라 대부분의 강사들이 명문대학 입학에 대한 노하우가 있기 때문에 어쩌면 입시학원에서 공부하는 것이 대학에 입학하기에는 더 유리할지도 모른다. 필자 또한 관리하는 학생 중에 실력이 부족한 학생이 단기간에 높은 대학 합격 실력을 키워야 할 경우 입시학원에 보내게 된다.

그렇다고 해서 중국유학까지 가서 대입을 위해 입시학원이 정답이라는 말은 아니다. 원래대로라면 중국 학교에서 정확히 3학년까지 중국인반에서 같이 수업을 하고 졸업하는 것이 맞을지 모르겠다. 어떤 국제부 교장선생님은 고 3 학생이 중국인반에서 80점 이상의 중국어 실력을 갖추었다면 입시반을 가지 않아도 분명 북경대학에 갈 수 있다고 한다. 다만, 지금의 중국어 실력이 부족하거나 유학 시기가 다소 늦은 경우 또는 뒤늦게 학업에 최선을 다하려고 할 때 학교에서 입시준비를 하기는 어렵다. 더군다나 그 학교수업이 입시학원을 쫓아가지 못한다면 앞으로도 많은 학생들이 고 3이라는 중요한 시기에 입시학원에 의존해야만 하는 악순환을 되풀이할 것이다.

이 문제의 근본적인 해결책으로는 외국 유학생들을 위한 각 고등학교의 수준 높은 입시반 운영이 있을 텐데, 이를 위해서는 중국의 교육부와 각 고등학교가 같이 움직여야 한다. 물론 시간이 걸리겠지만, 근원적인 문제를 해결하지 않는 이상 고 3 학생들의 고민은 계속되리라 본다.

중국 대학 선택시 고려사항

필자의 세 번째 책이 될 《아무도 모르는 중국 대학 이야기 – 입학과 학교생활》(가칭)을 집필하기 위해 필자는 지금도 많은 자료를 수집하고, 중국인과 한국인 대학생들을 많이 만나보고 있다. 불과 3년 전에 만난 대학생들과 비교해 보면 사뭇 많이 다른 모습을 보게 되는데, 그들의 생각과 비전, 목표의식을 보면 갈수록 우수한 한국 유학생들이 중국 대학에 입학하고 있다는 것을 알 수 있다. 또한 중국 대학 졸업률 또한 점차 증가하고 있는 추세이다. 예전의 준비가 안 된 학생들이 대학에 입학한 것과는 달리 오랜 조기유학을 거친 학생들이 대학에 들어가는 만큼 갈수록 실력 있는 유학생들의 졸업이 늘어나고 있는 것이다.

이제 이 시점에서 중국 대학 선택에 대해 얘기해 보고자 한다.

중국 내의 수많은 대학 중에서 한국 유학생들이 가장 많이 가는 학교는 일반적으로 북경대, 청화대, 인민대를 많이 뽑고 있고, 입시학원도 그 학교 위주로 반을 편성한다. 보통 문과는 북경대와 인민대, 이과는 청화대를 많이 지원한다. 그러나 이 외에도 중국에는 많은 좋은 대학들이 있다. 상해 쪽만 하더라도 상해교통대와 복단대가 있고, 북경에도 대외경무대, 사범대, 정법대, 의대 등 여러 특징 있는 대학들이 있다. 학과로만 따진다면 이외에도 중국 최고라도 자부하는 중국 대학들이 더 많이 있다.

그런데도 왜 한국 유학생들은 북경대학, 청화대학, 인민대학만을 최우선으로 고집할까? 바로 몇 년에 걸친 입시 탓이 아닐까 싶다. 매년 그 3개 대학의 입시가 가장 어렵게 출제되고 있고, 들어가기도 까다롭기에 제삼자가 보기에는 그 대학을 나와야만 중국 유학을 제대로 했다는 평가가 나오기 때문이다. 틀린 말은 아니다. 유학생들 중에서도 가장 우수한 실력의 학생들이 앞의 대학에 들어가고 있는 게 현실이기 때문이다.

그렇다면, 세계 대학평가에서도 인정한 북경대학, 청화대학은 제외하더라도 인민대학이 종합평가로서 그 다음이라고 말할 수 있을까? 많은 전문가들은 경영 쪽은 최고수준이지만, 학교 전체로 따지면 중국 3위의 대학은 아니라고 말한다. 그럼에도 아직 한국 유학생들은 북경대, 청화대 다음은 인민대라는 인식이 머릿속 깊이 박혀 있다.

필자가 인민대학을 낮게 평가하는 것은 절대로 아니다. 분명 중국 대학 중에서도 일류 대학이다. 다만, 앞의 3개 대학이 아니더라도 중국 대학의 특성상 과마다 최고수준의 대학이 많이 있어 중국 대학을 선택할 때 좀 더 넓은 시야를 가졌으면 하는 바람이 있다는 것이다. 또한 기업에서도 그 학생을 평가할 때, 어느 대학을 나왔느냐보다는 그 학생 스스로의 실력을 최우선으로 꼽았으면 하는 마음으로 말하는 것이다.

실례로 필자가 아는 청년이 하나 있다. 중국 대학을 졸업한지 4년 정도가 지난 청년인데, 그 청년은 천진 쪽에서 중국 고등학교를 졸업하고 '한국인 특별전형'이 아닌 중국 학생들과 똑같은 입시를 치르고 천진 쪽의 대학에 입학했다. 모든 대학생활도 중국 대학생들과의 경쟁이기에 수많은 어려움이 있었지만, 정말로 힘들게 공부하여 졸업까지 하였다. 그의 중국어 실력 또한 필자가 만난 수많은 대학생, 졸업생들 중에서도 가히 최고라 말할 수 있었다. 그러나 취업에 있어서는 잘 알려지지 않은 천진의 대학을 나왔다는 이유 하나만으로 우수한 지방대 학생보다는 서울권의 대학 졸업생을 선호하는 국내 취업 현실에서 만족스런 결과를 얻지 못하였다. 지금도 그 청년은 북경대학에 가지 않은 것을 후회하고 있다.

본인이 원하는 학과가 아니라 대학 이름에 따라 입시가 결정되어지는 지금의 현실이 아쉬워 몇 자 적어본다.

STEP 03
한국인이 운영하는
국제부와 홈스테이

한국인이 운영하는
국제부의 문제점(1)
- 평일 모습

중국의 기숙학교에 대해 논해 보고자 한다. 물론 이것은 필자의 개인적인 견해일 수도 있다. 하지만 많은 수의 기숙학교들이 다음과 같은 오류를 범하고 있는 것도 사실이다.

중국의 기숙학교는 말 그대로 중국인 학생들과 함께 쓰는 기숙사와 한국 학생들이 함께 쓰는 기숙사가 있다. 대부분 한국인이 유학 가능한 기숙학교는 대부분 중국 학생들과 한국 학생들이 기숙사를 나누어 쓴다. 아무래도 중국인 기숙사는 대부분 4인 1실에 시설 또한 낙후돼 있는 것이 많다. 대부분의 한국 학생들이 언어를 향상시키기 위해 중국인 기숙사에 힘들게 들어갔다가도 다시 나올 수밖에 없는 것이 그런 이유다. 단적인 예로, 방 안의 화장실도 하나이고, 샤워실도 공용이다 보니 아침저녁으로 필요 없는 시간이 많이 걸리는 것이다. 언어가 늘기는 하지만, 이 또한 사전에 충분한 실력이 뒷받침되어야 가능한 부분이다.

대개 한국 학생들이 있는 한국인 기숙사의 경우 대부분 2인 1실에 중국 학생 기숙사와는 비교도 안 될 정도로 깨끗한 환경으로 되어 있다. 개인 침대, 책상, 샤워실을 겸비한 화장실 등 학비가 비싼 학교의 경우엔 빨래까지도 학교에서 책임을 져준다. 사감 선생님의 경우 한국인도 계시지만, 대개 중국인이나 조선족 분들이 많다고 볼 수 있다.

여기서는 한국인 기숙사를 중심으로 문제점을 얘기해 보고자 한다. 문제로 논의된 것이 부분적으로 편견일 수도 있고, 이와는 반대로 열과 성을 다해 학생들을 지도하는 학교들도 분명 있다. 하지만 중국의 대부분의 기숙학교의 모습이라고도 할 수 있다.

한국 학생 기숙사의 가장 큰 문제점은 역시 많은 한국 학생들이라 할 수 있다.

대부분의 한국 기숙학교 학생들의 평일 방과 후 시간활용을 보면 다음과 같다.

학교가 방과 후 저녁식사를 하고 그룹보충수업 또는 자습을 한다. 보충수업은 중국어와 영어, 수학이 중심이 되는데 아무래도 보통 5명~8명의 그룹수업이다 보니 진도는 중간 수준에 맞추어진다. 좀 더 설명을 하자면, 짧은 수업시간 내에 최대한의 학습효과를 보자면 개인수업이 제일 좋다. 그러나 그룹수업의 경우 강의 진도는 결국 잘하는 학생이나 못하는 학생에 맞춘 것이 아니라 중간 수준의 학생에게 맞추어질 수밖에 없는 것이다. 잘하는 학생은 더 빨리 진도가 안 나가는 것이 손해이고, 못하는 학생은 진도가 빨라서 손해이다. 당연히 그룹수업의 단점일 수밖에 없다.

그 이후 오후 9시 정도부터해서 간단한 간식을 먹고 10시 전에 각자 자신의 기숙사실로 입실을 한다. 하지만 사감선생님이 있어도 학생들을 학부모들이 생각하는 것처럼 완벽히 통제하는 것은 매우 힘들다. 학생들끼리 기숙사 방을 넘나들면서 이런저런 얘기를 하거나 간식을 먹다가 12시 이전에 잠이 든다고 볼 수 있다. 필자가 상담한 학생의 경우 기숙학교를 나온 이유가 '방과 후에 혼자서 공부할 수 있는 시간이 없어서'라는 말은 이 때문이다.

환경적으로 개인이 조용히 공부할 수 있는 분위기와 환경을 만드는 것은 쉽지 않은 일이다. 또한 그 안에 선후배간의 위계질서가 있음도 간과할 수 없다.

한국인이 운영하는
국제부의 문제점(2)
- 주말 모습

주말의 시간활용은 대개 이러하다.

많은 학교들이 토요일 오전부터 12시까지 대개 보충수업 내지 자습을 한다. 이후 점심을 먹고 보통 오후 6시에서 7시까지 자유시간을 갖는다.

일요일엔 종교 활동을 갖는 친구들은 아침부터 종교 활동을 갖은 후 자유시간, 종교가 없는 친구들은 아침부터 자유시간이다. 일요일 오후 6시에서 7시까지 학교로 돌아와 저녁을 먹고, 오후 9시까지 자습시간이다. 그 이후에는 간식을 먹고 각자 개인기숙사실로 들어간다.

이와 관련, 예전에 일부 학부모들이 기숙학교에다 이렇게 건의한 적이 있다. 주말에 아이들에게 자유시간을 주지 말고, 학교측에서 좀 더 짜임새 있게 관리를 해달라고 말이다.

필자 또한 유학원을 운영하는 입장에서, 보낸 학생들을 위해서 자유시간을 최소한으로 줄이고 그 시간에 개인과외 또는 학교측에서 중국 문화탐방이나 학생들이 무언가를 배울 수 있는 특화시간으로 만들어보자고 몇몇 학교에 건의를 하였다.

이에 대해 기숙학교들의 대답은 다음과 같다.

아이들이 일주일 내내 공부만 할 수 없다.

주말만이라도 쉬게 해주어야 한다. 그렇지 않으면 아이들이 못 버틴다.

중국 문화체험은 실행하기에 너무 많은 시간과 인력들이 필요하다.

선생님도 쉬어야 한다.

개인과외나 운동, 기술을 배울 수 있는 특화시간은 학생들이 신청하지 않는다.

이해는 하면서도 답답한 부분이다. 아직 어린나이의 청소년들 가운데 자유시간에 자기 의지로 부족한 과외수업을 하거나 운동 및 악기 배우기를 원하는 학생이 과연 몇이나 있을까. 이것 또한 학교측에서 약간의 강제가 필요하지 않나 하는 아쉬움이 있다. 학교운영의 어려움을 토로한다면 어쩔 수 없지만 말이다.

실제로 필자가 아는 북경의 한 학교는 토요일마다 오후에 학교

강제로 개인과외와 운동, 악기 등을 배우게 한다. 초기에 많은 학생들의 불평도 있었지만, 지금은 완전히 그러한 주말시간활용이 자리를 잡았다.

학생들이 주말만이라도 쉬어야 되지 않느냐는 말은 틀린 말이 아니다. 하지만 문제는 그 자유시간에 있다. 여기에서는 부모님들이 상상할 수 없을 정도의 많은 일들 또한 일어난다. 보통 중국에서 한국 조기유학생들은 주말문화가 거의 정해져 있다고 봐도 무방하다.

중국 학교의 기숙사에서 생활하는 유학생들은(보통 주말에 기숙사에서의 자유시간은 오전 9시부터 오후 7시까지이다) 주말이 되면 항상 바쁘다. 남학생들은 아침부터 왁스와 중국에서 산 옷과 가방을 가지고 우다코(五道口)로 발걸음을 옮긴다. 여학생들은 아침부터 고대기로 한껏 멋을 내고, 약간의 염색 또는 브리지를 넣고, 화장도 하고 우다코나 왕푸징(王府井), 홍챠오(虹橋) 시장 쪽으로 많이 간다. 그것도 버스를 타는 것이 아니라 거의 모든 학생들이 택시를 타고 움직인다. 재미있는 것 중에 하나는 유학간지 1년이 지나도록 버스나 지하철 즉, 대중교통을 이용해 보지 못한 학생들이 상당수 있다는 것이다.

남학생들이 가장 많이 가는 곳은 역시 노래방, PC방, 당구장, 만화방이며, 여학생들은 노래방, PC방, 쇼핑장소 등이다. 술집이나 나이트클럽에 가는 학생들도 많이 있다. 우다코지역에 한국 입시학원들이 많이 들어와 있는 이유도 있지만, 우다코에서 지나가는 학생 중 5분의 1 이상은 한국 유학생들이라고 보면 될 것이다.

한국 유학생들끼리의 연락방법은 PC방에서의 인터넷 메신저나 휴대폰이다. 휴대폰 또한 없는 한국 유학생들이 없을 정도인데, 중국에서는 중고 또는 저가의 휴대폰들을 얼마든지 구입하여 사용할 수 있다(중국에서는 휴대폰을 쓴 만큼 돈을 내는 것이 아닌 충전식으로 원하는 금액을 충전하여 사용한다). 중국의 휴대폰은 받아도 돈이 나가는 경우가 있어서 학생들은 주로 문자를 이용한다. 한 가지 재미있는 것은 대부분의 한국 유학생들이 서로 문자를 주고받는데 있어서 중국어가 아닌 한국식 영어로 주고받는다는 것이다. 예를 들어, 중국어로 휴대폰 문자를 보내야 하는데 한자를 잘 모르니 영어로 보내게 된다. '나 지금 간다'를 발음 그대로 'na zigum ganda'라고 표기하여 문자를 보내는 것이다.

필자가 우다코에 가서 가장 놀랐던 것 중 하나는 한국의 청소년 문제가 우다코 대학가에 거의 다 있다는 것이다. 예를 들어, 노래방, PC방, 당구장, 만화방 등의 종업원들이 조선족 직원들로서 한국어가 모두 가능하다. 한국 유학생들은 돈만 있다면 아무런 부담 없이 편하게 놀 수 있는 놀이문화가 있는 것이다. 한국에서 청소년들이 많이 가는 KFC, 맥도날드도 거리에서 흔히 볼 수 있다(우리나라보다 물가가 많이 싼 중국이지만, KFC나 맥도날드는 우리나라와 가격이 거의 같다).

또한 가장 마음 아팠던 것은 한국 유학생들이 대부분 주말에도 한국 학생끼리 어울리고 있다는 점이다. 그것도 중국에서 생활하면서 중국 문화를 새롭게 배우는 것이 아니라, 한국에서 생활하면서 익숙해진 생활 습관 그대로의 모습으로 생활하고 있다는 것이다. 게다가 중국 학생과 친구가 되어 그 친구 집에 놀러간다든지, 아니면 함께 주변지역을 둘러보는 등의 활동은 정말 찾아보기 힘든 일이었다. 물론 주말에도 열심히 집에서 그리고 학교에서 과외와 자습으로 하루하루를 보내는 학생들도 있다. 그러나 그러한 학생들은 쉽게 찾아보기가 어렵다.

주말에 여가시간을 갖는다는 것이 나쁘다는 것이 아니다. 다만, 조금 더 시간을 알차게 쓰기를 바란다. 예를 들어, 무조건적인 자유 외출이 아닌 일주일에 한 번 씩은 학교에서 선생님들이 인솔하여 학년별로 나누어 중국 문화를 볼 수 있는 곳을 방문하던가, 타 학교 국제부와의 운동시합 또는 중국 학생들과의 주제토론, 부족한 개인과외반 신설, 학생들에게 미래의 꿈을 심어주기 위한 강사초빙 등 하고자만 한다면 공부와 함께 학생 때 도움이 되는 여러 가지를 통해 얼마든지 납득할 만한 효율적인 시간활용이 가능할 것이다.

아직 목표의식과 정체성이 정해지지 않은 청소년기에 모든 것을 학생 스스로 하기란 힘들 것이다. 그것도 중국이라는 타지에서라면 더욱 그러하다.

학부모들이 믿고 기숙학교에 맡긴 것이라면 교육자의 마음으로 학생들의 반대가 있더라도 '중국유학은 원래 이것이 옳다'는 정도를 가르쳐 주는 것이 더 바람직하지 않을까 하는 생각이 든다.

과연 어느 정도까지 한국 유학생들에게 공부 외의 자유시간이 허락되어야 할까. 또한 그 자유시간은 어떻게 활용되어져야 할까.

그 해답은 학생들에게 찾으라고 할 것이 아니라, 학교측에서 먼저 거대한 울타리를 쳐주어야 한다고 생각한다. 여기는 한국이 아닌 중국이기에.

하루의 수업을 마치고 친구들과 또는 선배들과 얘기를 주고받으며 하루의 스트레스를 푸는 것이나 주말에 놀러 다니는 것도 좋겠지만, 학생들 스스로 지금은 중국유학 중이라는 것을 인식하는 것이 무엇보다도 중요하다.

유학생 자신이 납득할 만한 중국어 실력을 키우기 위해 최소한 중국인반에서 중간 이상의 학습능력을 갖추기 위해서는, 뼈를 깎는 고통이 필요함에도 많은 학생들은 자의반 타의반으로 그렇지 못한 채 시간을 보내고 있다. 필자는 그것이 너무 아쉬울 따름이다.

필자 자신이 중국의 모든 한국기숙학교를 아는 것이 아니니만큼, 분명 학부모들이 납득할 만한 수준의 관리가 잘되는 학교도 있을 것이다. 앞의 열거한 문제점들은 그렇지 못한 대부분의 학교들임을 미리 밝혀둔다.

홈스테이의 문제점

지금도 필자가 운영하는 유학원 홈페이지에 홈스테이에 대해 문의를 해오는 것을 종종 본다. 중국유학을 잘 모르시는 분은 대개 홈스테이 하면 중국인 가정에서 지내는 것을 떠올리는데, 실상은 한국인 가정에서의 홈스테이가 거의 99%라 할 수 있다.

홈스테이는 학교 주변보다는 왕징(望京)이나 우다코(五道口)지역에서 많이 하고 있다.

홈스테이의 원래 의미는 학부모를 대신하여 학생의 모든 것 즉, 먹는 것, 입는 것, 자는 것 등의 일반적인 뒷바라지뿐만 아니라 학업관리와 과외까지도 책임을 져야 하는데, 그런 홈스테이는 찾기 힘들다.

홈스테이를 선택할 때 유학원이나 업체를 통한 것이 아니라면, 대개 아는 친척 내지 친구, 전혀 모르지만 아는 사람의 소개로 맡기게 된다.

의외로 학부모들과 상담을 해보면 아는 사람 내지 친척에게 사기 아닌 사기를 당하는 경우를 종종 본다. 관계가 있기에 더 믿고 맡겼는데, 실상은 돈에 치중하여 말도 안 되는 이유를 들며 비용을 계속적으로 청구하고, 학생의 학업관리는 뒷전으로 하는 경우이다.

생활 또한 별다른 관리 없이 지속된다. 당연히 학생의 학업부분과 생활부분은 모두 뒤쳐지게 된다.

중국에 거주하는 대다수의 한국인들은 재정적으로 넉넉하지 않은 편이다. 그러다보니 학생 한두 명의 홈스테이가 재정적으로 집안에 큰 도움이 된다. 집안에 학생이 여러 명 있는 것이 문제가 아니다. 효율적으로 학업과 생활 관리를 잘해 준다면 아무 문제가 없겠으나, 홈스테이를 하는 많은 분들이 관리는 뒷전인 경우가 많기에 문제가 된다.

최소한 유학에서의 홈스테이라 하면 생활적인 부분은 당연히 들어가야 하고, 학부모가 원하는 교육적인 관리 역시 소홀히 해서는 안 된다. 그런데 이것을 학부모 마음같이 관리해 주는 홈스테이는 찾아보기 힘들다.

중국에서 홈스테이를 생각하는 학부모들은 다음과 같은 부분을 생각해 보고, 눈여겨봐야 한다.

첫째, 대부분 홈스테이에서 학생들을 관리해 주는 분들은 교육 전문가가 아니다. 이분들 역시 낯선 환경에서 다양한 한국 학생들을 전문적으로 관리해 본 경험이 없는 분들이다. 물론 교육은 학교에서 하는 것이다. 하지만 학생의 방과 후 생활지도나 학습관리 또는 주말관리가 유학생활에 있어서 얼마나 중요한지는 앞에서도 여러 번 강조한 바 있다. 때문에 단순히 유학생활의 학생 관리를 등·하교 지도 또는 좋은 식사와 빨래 등의 생활관리만을 원한 경우라면 상관없지만, 그 외의 학습관리나 중국 대학입학, 좀 더 나아가 학생의 비전을 위한 것이라면 잘 판단해야 한다. 조기유학에서의 학습관리가 얼마나 중요한지는 두말할 필요가 없을 것이다.

둘째, 중국 학교에서 보기에는 단순한 학부모일 뿐이다.
한국 유학생들이 학교에서 문제를 일으켰거나 더 좋은 학습 환경을 만들기 위해 학교에 건의할 사항이 있다고 하자. 이럴 경우 학생을 대신해서 홈스테이에 계신 분이 학교에 가서 여러 가지 사항에 대해 조리 있게 설명해야 하는데, 그걸 말할 정도로 중국어가 유창하신 분들은 거의 없다. 또한 학교 입장에서 보더라도 그분들이 제시하는 사항들은 단순한 학부모들의 건의사항이지 그 이상으로 생각하지 않는다는 것이다.

셋째, 홈스테이하는 분들의 내부문제이다.

대부분의 경우 공부를 열심히 하지 않는 학생들을, 학습을 열심히 할 수 있는 분위기로 만들어 주자면 끊임없는 상담과 매일 학습시간표대로 체크하고 학생을 관리해야 한다. 그러자면 상당부분 강압적인 태도도 필요하다. 그러나 대부분의 홈스테이에서 관리해 주시는 분들은 그러지 못한다. 그것은 바로 홈스테이 학생들이 자기 가정에 큰 경제적인 도움이 되기 때문이다. 그렇기 때문에 학생들에게 강압적인 태도가 아닌 타이르기 정도인데, 심지어 어떤 학생들은 그것을 이용하기도 한다.

어쩌면 중국 조기유학은 처음 한 학기가 가장 중요하다고 볼 수 있다. 그런데 그 시기에 홈스테이에서 너무나 자유롭게 유학생활을 시작하는 것은 학습부분이나 향후 지속적인 유학생활에 있어서 결코 좋은 시작이라 볼 수 없겠다.

한국인이 운영하는
국제부와 홈스테이
– 그렇다면, 대안은?

앞서 기술한 한국 학생들의 기숙사와 홈스테이에 대해 주요 특징을 정리해 보면 다음과 같다.

- **한국인이 운영하는 국제부**
- 학교 내의 많은 한국 학생들로 인해 적응하기 쉬움, 정서적 안정
- 방과 후 개인과외가 아닌 그룹식 보충수업
- 토요일 오전과 일요일 오후를 제외한 다소 개방적인 주말관리
- 평일 학교 밖 출입금지
- 기존 학생들로 학습과 생활에 안 좋은 영향을 받을 수 있음
- 기숙사 내에서 사감선생님의 철저한 통제가 없으면 자율학습이 어려움

- **중국 내 홈스테이**
- 한국과 같은 환경의 가정
- 집안에 생활하는 사람이 적음
- 매일 등·하교의 피로
- 편안한 생활환경(주거, 음식, 취사 등)
- 자유로운 내외출입(주중, 주말)
- 내가 원하는, 또한 나에게 맞는 과목의 과외를 폭넓게 고를 수 있음(개인과외, 그룹과외)

앞의 특징들을 보면 각각의 장단점을 갖고 있다. 학업적인 면이든 생활적인 면이든 한국 학생이 많은 기숙사가 갖는 장단점이 있고, 학생 수는 몇 명에 불과하나 오히려 기숙학교보다도 자유로울 수 있는 홈스테이도 문제가 될 수 있다.

아이가 친구들과 어울리기 좋아하는 성격이거나 혼자서 공부할 때 능률이 낮은 아이라면 오히려 홈스테이는 득보다는 실이 될 수 있다. 친구도 없는 집에서 갇혀있다는 마음, 외롭다는 마음이 들 수 있기 때문이다. 그러나 상대적으로 높은 비용에도 불구하고, 학업적인 성과에 있어서는 홈스테이가 훨씬 좋다. 아무래도 공부하는 학생에게는 차분한 분위기에서 부족한 공부를 마음껏 할 수 있고, 주말에도 다른 친구들과 어울리기보다는 학업을 중심으로 계획을 세워서 공부를 할 수 있기 때문이다.

분명 어디를 가든 자녀가 하기 나름이라 말할 수도 있겠다. 하지만 아직은 어린 아이를 보내는 심정에서 내 아이에게 맞는 가장 좋은 유학환경을 만들어 주기 위해서는 무엇보다 아이의 성향에 맞추는 것이 좋을 듯하다.

　요즘은 기숙사와 홈스테이의 장점만을 부각시켜 학업관리를 해주는 홈스테이도 있다. 이에 대해서는 나중에 자세히 다루어 보기로 한다.

STEP 04

중국유학 떠나기 전
실전 준비

서류 및 비자

중국 조기유학시 필요서류는 생각보다 간단하다. 이는 거의 모든 중국 학교에 갈 때와 동일하다. 한국인이 국제부를 운영할 경우에는 서류준비에 조금 더 편의를 봐준다.

기본적으로 학교신청서 외에 해당 학년까지의 재학증명서, 생활기록부, 성적증명서를 준비한다. 학교에 따라 중국어 또는 영문으로 복사본을 첨부해야 하는 학교가 있고, 이를 공증까지 요구하는 경우도 있다. 그 외에 주민등록등본이나 사진이 필요하고, 학교 기숙사에 있지 아니하고 홈스테이를 할 경우에는 거류신고서를 준비해야 한다.

그 외에 필수적으로 준비할 것이 하나 있는데 바로 후견인관련

서류이다. 모든 한국 유학생은 중국인 또는 주재원 비자를 갖고 있는 한국인이 법적인 후견이 되어야 한다. 명목상으로는 중국유학시 유학생에 대한 모든 법적인 책임을 지는 사람이 후견인인데, 한국인이 국제부를 운영하는 경우에는 학교측에서 약간의 추가비용으로 후견인을 지정해 주지만, 개인적으로 중국유학을 갈 경우에는 미리 후견인을 선발하여 후견인 신분증 사본과 서류신고서를 같이 내야 한다. 이 모든 서류가 준비되어질 때 비로소 유학비자가 나오게 된다.

예전에는 유학을 가기 전 미리 서류와 학비를 보내어 유학비자를 받아서 나갔지만, 지금은 편의상 관광비자로 들어가서 학비를 내고 3월 말 내지 9월 말에 학교측에서 신청을 해 유학비자로 바꾸어 준다. 그렇기 때문에 들어갈 때에는 관광비자를 3개월 기간으로 들어가면 용이하다. 유학비자의 기간은 보통 학비를 낸 기간까지로 한다.

그렇다면, 부모가 같이 갈 경우에는 부모의 비자 문제를 어떻게 해야 할까?

중국의 학교 중에서는 학생이 학교에 다니면 학부모를 동반비자로 해주는 경우가 있으나, 그렇지 않은 경우에는 학부모가 현지에서 비자연장을 하거나 한국에 잠시 왔다가야 할 수밖에 없다.

또 다른 하나는 현지에서 성인을 위한 어학원에 다니면 된다.

그럼 학원에 수강하는 시기만큼 비자연장이 가능하다.

  앞의 준비서류만 미리 준비하고 있다면, 조금 더 편한 마음으로 유학을 준비할 수 있을 것이다.

자료 찾기 및 상담
(국내 유학원 상담시 유의사항)

　학부모가 중국유학을 결정하였다면, 그때부터 인터넷을 통해 관련 자료를 찾거나 중국유학원 또는 학교의 한국사무소에 상담을 하러 갈 것이다.

　인터넷으로 자료를 찾을 경우, 대개 주요 사이트의 지식검색이나 카페 등을 보게 되는데 그리 신뢰할 만한 정보는 얻기 힘들다. 학교 소개 또한 매 학기마다 바뀌는 중국 학교를 생각한다면 온라인상에 있는 것들은 대부분 오래된 자료다. 그래서 결국 중국유학원을 찾을 수밖에 없다.

　중국 조기유학원은 두 분류로 나뉠 수 있다. 하나는 직접 직원들을 학교에 보내 국제부를 관리하는 경우이고 또 하나는 단순히 입학에 필요한 서류접수만을 대행하고, 필요에 따라서만 관리하는 경우이다.

학부모가 학생과 함께 생활하는 것이 가장 좋으나 그렇지 못할 경우는 유학원에 학생을 위탁해야 하는데, 그럴 경우 다음과 같은 사항을 꼭 체크해 보기 바란다.

첫째, 인터넷에 나와 있는 학교 소개와 자료들 그리고 직원 상담과의 내용에 2% 의심을 하자!

상당수의 유학원들은 홈페이지나 팸플릿에 신경을 많이 쓴다. 즉, 홈페이지와 팸플릿상의 내용만을 본다면, 이 유학원에서 유학을 해야만 유학이 100% 성공 가능한 것처럼 나와 있지만, 실제는 그렇지 않다. 홈페이지에 나타난 내용들은 대부분 감언이설이고, 직원 상담시에도 거의 장점만을 내세우기 때문에 한 발 뒤로 물러서서 객관적으로 살펴보는 것이 중요하다.

둘째, 유학원 선택시 그 유학원 소속의 학부모들을 미리 꼭 만나보자!

유학원에서 메인으로 삼고 있는 학교의 학생 또는 학부모를 직접 만나서 실제로 유학생들이 어떤 관리를 받고 있는지, 그 학교의 특성이 어떠한지에 대해 자세히 알아보고, 또한 학교가 학생에게 맞는지를 꼼꼼히 따져봐야 한다.

셋째, 유학생들의 일거수일투족을 학부모에게 전달할 수 있는 유학원을 찾아라!

학부모의 입장에서는 타국에 소중한 자녀를 맡겼다면, 하루하루가 걱정과 근심의 연속일 것이다. 그러한 가운데 아이의 건강문제나 학업문제는 가장 큰 걱정거리라고 할 수 있다. 대부분의 유학원들은 중국 내에 1~2명의 관리선생님(대개 한국어와 중국어가 가능한 조선족이다)을 배정하여 유학생들의 생활 내용 등을 보고받고 있으나, 정작 학생들의 소식을 고대하는 학부모들에게 전해지는 소식은 큰 사건 외에는 전해지는 것이 극히 적다.

사랑하는 자녀를 중국에 홀로 남겨놓았다면, 유학원의 관리를 통해 학생들의 '학습상태 · 심리상태 · 건강상태' 등을 체크하여 매일 또는 주말마다 확인할 수 있도록 관리해 주는 유학원을 만나야 한다.

넷째, 유학 중 학생들의 부족한 공부를 도와주는 유학원을 잡아라!

가장 올바른 중국유학의 교육이란 중국 학교에서의 교육을 중심으로 하고, 학교 자습시간 또는 방과 후와 주말에 부족한 과목을 보충해 주는 것이다. 그러나 대부분의 중국 학교가 수업내용을 이해하지 못하는 학생에 대해서는 별도의 학습관리가 없는 경우가 많다는 것이다. 학습관리를 하는 학교가 있다 할지라도 관리에 부족함이 많다.

학부모가 함께 계신다면 아무 문제가 없으나, 그렇지 않을 경우 학교와 부모님을 대신해서 상담하고, 관리하는 것은 유학원의 몫일 수밖에 없다. 학생 개개인의 학습관리에 대해서 어떤 방향을 제시해 줄 수 있는지 유학원에 문의해야 할 것이며, 학생과 학부모들에게 매년 변하고 있는 중국 대학입시자료 부분까지도 따져봐야 한다.

다섯째, 서류대행만 해주는 개인 유학원을 조심하라!

중국 조기유학의 경우 많은 유학원들이 중국 현지에서 학생들을 관리하는 일들이 힘들고 귀찮은 경우가 많아 단순히 입학수속만 해주는 경우가 많다. 이는 학생 개개인에게 책임 있는 관리를 하고, 관리의 결과를 학부모들에게 통보하는 일이 성인 유학에 비해 너무나 많은 시간과 노력이 필요하기 때문이다. 다시 말해서 '잘해야 본전'인 경우가 많다는 것이다. 이 경우 학생 관리는 전적으로 중국 학교에서 맡아서 한다.

문제는 중국 학교에서 학생을 관리해 주는 것이 아니라 마치 유학원에서 학생을 관리해 주는 것처럼 교묘하게 학부모를 속여 비싼 유학비용을 요구하는 '개인 유학원'들이 많이 있다는 것이다. 이들은 학생을 교육의 대상이 아닌 사업의 대상으로만 보기 때문에, 학교 선정시 많은 이윤을 남길 수 있는 지방의 학교만을 소개하거나 사후관리에 대해서는 무관심한 경우가 대부분이다. 심지어 자신의 학생들을 중국에 보냈다가 유학에 대한 아무런 지식도 없는 상태에서 사업으로 발전시키기 위해 학부모가 직접 유학원 사업에 뛰어드는 경우도 있다고 하니 참으로 답답한 노릇이다.

대개 한 학부모가 자녀 1명을 유학 보내려면 자료검색은 물론 최소 3군데 이상의 유학원에서 상담을 받게 된다. 그럴 경우 한 결같이 하시는 말씀이 '도무지 누구 말이 맞는지 모르겠다' 는 말이다. 그것은 일반적인 유학원의 특성상 그 전에 상담을 받았던 학교의 단점을 부각시키는 경우가 많기 때문이다. 결국에는 누구 말이 맞는지, 어느 학교가 내 자녀에게 적합한 학교인지 판단할 수 없게 된다. 인터넷 자료조차 사실과는 다른 정보가 넘쳐나다 보니 학부모로서는 더욱 합리적인 선택을 하기 어려워진다.

그런 의미에서 양심적으로 끝까지 내 자녀를 관리해 주는 유학원을 만난다는 것은 큰 복이라 할 수 있겠다.

학교 선택
(중국 학교 선택시 유의사항)

중국 학교를 선택할 때 다음 사항들은 기본적으로 눈여겨 보기 바란다.

Q. 중국 학교에서의 유학생 관리는 어떠한가?

A. 무조건 한국 학생이 적은 곳이 절대로 좋은 것만은 아니다. 유학생이 적다면 개성이 강한 한국 학생들의 관리 경험은 턱없이 부족할 것이다. 그렇다고 유학생이 너무 많은 곳도 객관적으로 봤을 때 관리의 효율이 떨어진다고 볼 수 있다. 이에 학생 수보다는 그 학교의 국제부 학생 관리시스템을 먼저 유심히 살펴보기 바란다.

Q. 지명도를 떠나서 그 학교가 내 자녀에게 맞는 학교인가?

A. 앞서 설명한 바와 같이 중국의 중점학교가 중국 학생들에게 우수 학교이지, 한국 유학생들에게 있어서도 우수 학교는 아니라는 것이다. 즉, 중국 학교 모두 각각의 장단점이 있어 한국 유학생에게 맞는 학교인지가 중요하다는 말이다. 필요한 학교 정보는 유학원이나 인터넷을 통해서도 얻을 수 있지만, 무조건 명문학교만을 고집하는 것이 아니라, 현재 학생의 수준이나 성향을 봐서 가장 적합한 학교를 골라야 할 것이다.

Q. 중국 학생과의 차반(합반)이 용이한가?

A. 최소한 고등학교 2학년 1학기까지는 중국 학생과 차반수업을 하는 것이 가장 올바른 유학이라고 생각되어진다. 차반수업을 통한 중국 학생들과의 학습경험은 중국 대학생활에까지 큰 영향을 미치기 때문이다. 그러나 어떤 학교들은 외부적으론 차반 수업이 가능하게 만들어 놓았으나, 중국어 실력이 좋지 않은 한국 학생들이 오히려 중국 학생들의 수업분위기를 망친다는 이유로 차반수업 자체를 막아 놓는 경우가 있다. 말 그대로 실력이 아주 우수한 유학생들만 차반이 가능하게 만든다는 것이다. 또한 언어란 현지인들과 부딪치면서 배울 때 학습효과가 매우 크다는 것은 누구나 다 아는 사실이다. 그러기에 중국어 실력이 좋은 학생들에게 있어서는 차반기준이 조금 쉬운 학교를 찾는 것도 유학생활에서 꼭 생각해 봐야 할 사항 중 하나이다.

Q. 중국 학생과의 교류를 학교에서 열린 마음으로 추진하는가?

A. 현재 중국유학생 중 유학 1년 이상을 했음에도 중국 학생들과 대화 한 번 못해본 학생들이 허다하다. 심지어 어떤 학생들은 점심시간에 중국 학생들과 한마디 한 것을 큰 자랑으로 여기기도 한다. 중국 학생과의 교류는 학생들에게 맡겨서는 절대로 큰 효과를 보기 어렵다. 그러므로 학교에서 다양한 방법으로 교류의 장을 만들어 줘야 한다. 아울러 중국 학생과의 교류가 아닌 중국 대학 입시만을 위한 중국 학교 내의 국제부라는 한국 입시학원에는 보내지 않기를 바란다.

Q. 중국 대학 진학을 위한 대입준비를 학교 쪽에서 어느 정도 투자하는가?

A. 대개의 중국 학교는 한 학년에 15~20여 명 내외로 반이 운영된다. 그러나 고등학교 3학년 대입준비반의 경우 각 대학, 학과별로 반을 세밀하게 나누어야 하나, 학교에서 예산을 줄이기 위해 북경대 위주의 입시반을 운영하는 경우가 많다. 대입준비를 하는 유학생 모두가 북경대만을 원하는 것은 아니라는 것이다. 그렇기 때문에 학교에서 학생들에게 얼마나 다양한 대입정보와 준비를 시켜주는지, 한 반의 정원은 어떻게 되는지, 입시반을 담당하는 선생님은 어떤 분이며, 학업관리는 어떻게 하는지 등을 꼼꼼히 살펴봐야 한다.

Q. 학교 기숙사 시설과 홈스테이 문제 그리고 주말관리 문제

A. 기숙사나 홈스테이의 선택과 방과 후 수업 그리고 주말관리는 유학의 성공을 좌우할 수도 있다. 특히, 유학을 간 지 얼마 되지 않은 학생들은 방과 후 어떻게 학습관리를 받았느냐에 따라 그 결과가 남들보다 몇 배의 차이가 나는 경우를 볼 수 있다. 특히, 홈스테이의 경우 좋지 않은 예가 많음으로 가정 분위기나 관리해 주는 분들의 인격 등을 정확하게 알아봐야 한다. 또한 가장 중요한 문제 중 하나인 학생의 주말관리는 철저히 체크해봐야 한다. 즉, 기숙사 또는 홈스테이에서 주말관리에 관한 규정이 어떠한지를 따져보기 바란다. 주말에 자유롭게 허용되는 외출이 자칫하다간 학생의 탈선을 부추기는 결과를 나을 수도 있음을 명심하기 바란다.

아쉬운 부분은 아무리 좋은 학교라도 내 자녀에게는 안 맞을 수도 있다는 것을 알아야 한다. 그렇기 때문에 가장 좋은 학교를 선택했을지라도 내 자녀의 성향, 학습상태, 주변 환경에 대한 변화 등을 계속해서 체크해봐야 할 것이다.

자녀와의 충분한 대화

"내가 오고 싶어서 왔나요?"

중국에서 유학 중인 한 고등학생과 상담했을 때 나온 말이다. 실로 무서운 말이 아닐 수 없다.

중국 조기유학의 경우 학생이 원해서 오는 경우도 있지만, 대개는 학부모의 권유와 설득에 의해서 오는 경우가 많다. 즉, 자의(自意)보다는 부모에 의해 자녀가 국내 중·고등학교에서 적응을 못하거나 학교 성적이 좋지 못해서 또는 중국유학의 비전을 보고 유학을 선택한 경우이다.

실제로 중국유학 중인 학생들 중에서 '원치 않는' 유학을 와서 고민하는 학생들을 자주 보게 된다. 이는 학부모들이 중국유학의 좋은 점만을 인식하여 자녀와 대화 없이 무작정 중국에만 보낸 결과이다. 중국유학 기간동안 공부하는 것만 해도 어려운데 목표의 식까지 없이 억지로 등 떠밀려 온 유학이라면 좋은 유학의 성공을 가져오기는 어렵다.

중국유학을 선택했다면 출발하기까지 끊임없이 자녀에게 목표의식을 심어주기 바란다. 왜 중국유학을 가게 되고, 가게 되면 어떤 어려움이 있을 것이고, 그것을 이겨내면 어떠한 결과가 있을 것인지에 대하여 말이다. 부모의 말이 부족하다 느껴지면 유학전문가와의 상담도 주선해 보기 바란다.

'학생이 스스로 중국유학을 가고 싶어 하는가?' 이것은 중국유학에서 대단히 중요한 명제가 된다. 만약 중국 조기유학이 학생자신의 의지가 아니라면, 유학을 보내기 전 자녀와 충분한 대화를 하여 그 필요성에 대해 미리 얘기해 주고 이해시켜줌으로써 새로운 마음가짐을 갖게 하는 것이 매우 중요하다. 아직 자녀가 어려서 모든 것을 이해하지 못한다 하더라도 최소한 자녀 스스로가 부모가 원해서 온 유학이 아니라 내 스스로의 선택임을 깨우쳐 주기 바란다.

중국유학을 결정하였다면 최소 몇 달 전부터 자녀와 많은 대화를 해야 한다.

학부모 동반 유학,
생각보다 쉽다

집안 사정상 또는 자녀만 유학 보내는 것이 맘이 놓이지 않아, 학부모 중에 1명이 같이 가는 경우에 대부분 어머니들이 가게 된다. 그럴 경우 여러 가지 걱정이 앞선다. 가서 생활은 어찌 해야 할지, 집은 어떻게 알아볼지, 한국과는 많이 다른 환경에 어떻게 적응해야 할지 등등 수많은 걱정이 앞서게 된다.

필자도 학부모 동반 유학에 대한 상담을 많이 받는다. 대개 유학원들이 학생을 보내는 업무만 하다 보니 학부모가 갈 때의 경우에는 미처 상담을 못해 주는 경우가 많기 때문이다. 그러나 수년간 학부모 동반 유학을 눈으로 확인한 결과, 처음에는 걱정이 앞서다가도 막상 중국에 가서 2개월 정도의 시간이 지나면 곧 익숙해지는 분들을 많이 본다.

지금 현재 아이와 같이 중국에 가게 된 경우라면 다음과 같은 사항만 참조하시면 큰 고민은 없을 것이다.

비자 문제

앞서 설명한 바와 같이 아이의 학교에서 동반비자를 받는 경우와 그것이 안됐을 때 현지 어학원을 통해 해결하는 방법이 있다.

아파트 문제

중국에서 한국인이 사는 아파트는 대부분 월세 개념의 아파트이다. 보통 한 달치 월세를 보증금으로 하고 1년 계약에 3개월에 한 번씩 월세를 낸다. 왕징 근처의 비용을 보면 한 달에 방 2칸은 대략 60~70만 원 내외, 방 3칸짜리는 80~90만 원 정도이다. 왕징 근처에는 많은 부동산 업소들이 있다. 거의 모든 부동산 업소들이 한국어가 가능한 조선족 직원이 있기 때문에 집을 알아보는 데에는 큰 어려움이 없다. 다만, 집이 나왔다가 들어가는 것이 워낙 빈번하기에 내가 살집을 알아볼 경우 1~2일이 걸릴 수도 있고, 맘에 안 든다면 일주일 이상이 걸릴 수도 있다. 최소한 유학을 가기 한 달 전에 미리 중국에 가서 집을 알아보는 것이 바람직하다.

가전과 생필품 문제

아파트를 계약하고 들어가게 되면 기본적인 것들은 다 갖추어져 있다. TV, 세탁기, 냉장고, 전자레인지, 생수대, 소파와 식탁, 침대, 책상과 의자, 옷장, 에어컨 등 생활에 필요한 거의 모든 것이 최신품은 아니지만 모두 준비되어 있다. 그 외의 모든 것은 다 사야 하는데 중국의 물가가 싸다고는 하지만, 생필품의 경우 대부분 중국에서도 한국 제품을 주로 사게 된다. 주변에 모든 한국 것을 수입해서 파는 전문상점이 있는데 비용이 생각보다 많이 든다. 가능하면 수저 하나라도 한국에서 쓰던 것을 가지고 오기 바란다.

생활문제

왕징 근처의 경우 시장뿐만 아니라 24시간 편의점 등 각종 슈퍼마켓이 있다. 차를 타고 5분만 나가면 더 큰 중국 시장과 여러 상점들이 많다. 거기엔 크고 작은 음식점들이 즐비하고, 대개 상점에서는 거의 다 한국어가 가능한 직원이 있다. 아파트 주변을 봐도 길가는 사람 중 절반은 한국어가 가능한 사람들이다. 집을 왕징이나 우다코 근처로 얻었다면 심리적으로는 큰 자신감이 들 것이다.

안전과 종교문제

예전과는 달리 외국인에 대한 보호가 많이 좋아졌다. 특히, 왕징의 경우에는 파출소가 바로 가까운 곳에 있기에 더욱 안전하다. 종교의 경우 왕징 근처로 수많은 교회가 있다. 주일날만 되면 크고 작은 교회에서 차량 운행을 한다. 중국에서의 교회는 법적인 부분이 민감하게 적용을 받지만, 지금의 교회들은 법적인 부분을 잘 지키면서 하기 때문에 큰 문제는 없다. 만약, 종교가 있는 분이라면 중국에 있는 한국 교회의 모습이 한국 현지 교회와 크게 다르지 않음에 많이 놀랄 것이다.

이처럼 처음 학부모가 아이와 유학을 가더라도 정착하는 것이 크게 어렵지는 않다. 안심하고 편안한 마음으로 준비하고, 더 궁금한 것이 있다면 필자에게 상담을 요청해도 된다.

한국에서의 유학 전 자퇴?
목표가 확실하다면 생각해
볼 수 있다

제목에 오해가 없기를 바란다.

이는 반드시 중국유학을 갈 뜻이 있고, 어떠한 상황에서도 중도에 돌아오지 않을 것임을 결정한 경우에 해당하는 말이다. 유학을 가서 바로 돌아올지도 모를 상황이라면 절대로 해서는 안 된다.

예를 들어, 한국에서 중 2 학생이 중국유학을 결정했다고 하자. 결정 시기가 5월이라고 한다면, 9월에 중국유학을 갈 때까지는 아직 4개월이나 남아 있다. 한국에서 중 2, 1학기를 보내고 있는 이 학생이 9월에 중국 학교에 입학을 하게 되더라도 학제로서는 다시 중 2, 1학기로 들어가는 것이 된다. 즉, 중국 학교 입학시에는 중 1학년을 마친 서류만 필요하게 되는 것이다. 그렇다면 원래 서류상으로 이 중 2 학생은 중 2, 1학기 과정은 필요 없다.

결국 학생이 원하고 학부모도 이해하는 상황에서라면 자퇴를 해도 무방하다는 얘기가 된다.

그렇다면 그 남은 4개월이라는 기간엔 무엇을 할까? 대개의 학생들은 중국어 학원에 다닌다. 학부모도 학생도 이를 당연하게 여긴다. 그러나 회화 위주의 국내 학원에서는 중국유학시 거의 도움이 되지 못한다. 실제로 중국유학 전에 국내에서 3개월 정도 회화학원을 다닌 학생보다 중국에 먼저 가서 2주 동안 공부한 학생이 더 뛰어나다

필자는 그 시기에 중국어 학원에서는 2주 정도 과정으로 기초발음과 읽는 법만 공부하고, 나머지 시간엔 해당 학년까지의 영어와 수학 공부에 시간을 할애하기를 바란다. 그와는 별도로 중국어와 영어의 단어의 양을 매일같이 공부하는 훈련도 필요하다. 그리고 한국에서 아쉬움 없이 맛있는 것도 먹고, 친구들과 좋은 교제를 나누고, 부모님과도 좋은 추억을 가진 다음 기분 좋게 중국유학길에 오르기를 바란다.

유학 전 자퇴는 위험한 부분이기는 하나, 목표만 확실하다면 생각해 볼 수 있다. 대부분의 경우 학기를 마치고 급하게 유학길에 오르다보니 정신적으로나 생활적으로, 여러모로 부족하게 떠나오는 경우가 많기 때문이다.

유학 도중에 돌아올
경우는 어떻게 해야 하나?

유학 상담을 하다보면 때때로 중국 소도시 지역의 중국 교육부 인가도 받지 않은 즉, 교육부에 외국 유학생을 받을 수 있는 정식 자격도 갖추지 못한 학교로 학생을 보내려고 하는 경우가 있다. 이 학교들에는 한국 학생들이 거의 없으며, 중국 학생과 동일한 학비를 받기 때문에 매우 저렴한 비용으로 다닐 수 있다.

그러나 나중을 생각한다면 옳은 선택이 아니다. 중국 대학에 갈 때에도 문제가 되지만, 유학 도중에 다시 불가피한 상황에서 한국에 돌아오게 될 때 문제가 된다. 교육법에 근거하면 학교 재량에 맡기게 되어 있어 해당 학교 방침에 따라야 한다. 이때 해당 학생은 학기를 이어서 갈 수도 있고, 1년을 쉬어야 하는 경우도 발생한다. 중요한 것은 중국유학시 다닌 학교가 정식 인가를 받은 학교인지, 아닌지에 대한 여부가 관건이다. 중국에서도 정식적으로 인가를 받지 않은 학교를 나왔을 때에는 어떠한 결과가 나올지 모른다.

그렇다면 정식적인 인가를 받은 학교를 다녔다면 한국에서도 문제가 없는가? 그렇지 않다.

예전에 필자가 운영하는 인터넷 게시판에 중국에 유학을 갔다가 돌아와 국내 학교에 다시 입학하기가 어렵다며 도움을 청한 글을 본 적이 있었다. 그 글을 본 후, 타 학교 교장선생님과 통화도 해보고, 교육과학부 근거자료도 직접 찾아보았다. 교과부 근거자료를 보면 '중국유학시 정상적인 국제부 허가를 받아 유학비자가 발급되는 학교의 경우에는 그 학력을 인정하는데 아무런 문제가 없다'고 되어 있다.

그러나 문제는 중국과 한국간의 학제 차이와 우리나라 학교의 내부적인 문제에 있다. 보통 초등학교나 중학교의 경우 학교 관계자분들과 얘기를 잘 하면 다시 들어갈 수도 있지만, 고등학교는 상당히 어렵다(지방의 실업계 학교나 대안학교의 경우 입학이 조금 수월하다고 한다).

중국은 9월 학기가 신학기이다. 즉, 중학교 1학년 남학생이 1학년 과정을 마치고 유학을 갔다면 중국 학교에는 3월 학기에 입학을 하게 된다. 이럴 경우 중국에서 이 학생의 학년은 중학교 2학년에 입학을 하는 것이 아니라 중학교 1학년 2학기로 3월에 다시 입학을 하게 된다. 즉, 중국 학교의 학기 시작기간이 한국 학교보다 한 학기 늦게 시작한다고 보면 된다.

그렇다면, 그 남학생이 만일 중국에 3월 학기로 갔다가 적응을 못하고 국내에 7월경에 돌아왔다고 가정하자. 당연히 학부모와 학생은 한국 학교에 9월에 입학을 하면 된다고 쉽게 생각하는 경향이 있는데, 실상은 9월 입학이 어렵다. 다시 말해서 중학교 2학년 2학기에 들어가려면 중학교 2학년 1학기를 마친 기록이 있어야 하는데, 중국에서는 중학교 1학년 2학기 수업을 한 번 더 들었을 뿐 중학교 2학년 과정은 전혀 듣지 않았기 때문에 불가능한 것이다.

또한 이와 관련하여 학교 관계자분들의 말을 들어보면 두 가지 이유를 들을 수 있다.

하나는 신학기 시작이 다르고 학교제도도 다르기 때문에 이럴 경우에는 그 다음해 3월에 다시 입학해야 하며, 만약 입학에 문제가 없더라도 한국 학교 내 학생 인원에 결원이 있어야 입학이 가능하다는 것이다. 즉, 전학생이나 자퇴생 등의 결원이 생겨야 입학이 가능하다는 것이다. 그래서 고등학생의 경우 재원 수가 부족한 지방의 실업계와 인문계 고등학교나 입학조건이 까다롭지 않은 대안학교로 입학하는 경우가 많다.

학생이 그 다음해 3월에 입학을 한다면 그 학생은 고등학교를 마칠 때까지 자신보다 한 살 어린 학생들과 지내야 하는데 실로 쉽지 않은 일이다.

그래서 학생들은 대부분 검정고시를 준비하게 되는데, 그 기간 동안 다른 많은 문제가 생기기도 한다. 아무래도 검정고시를 택한 학생들이 모두 학업적인 이유로 선택한 것이 아닌 만큼, 공부하는 환경이 그리 학업적인 편이 아니다. 또한 대학입학시에도 검정고시생들은 내신이 없기 때문에 수능으로 평가된다. 즉, 수능성적이 안 좋으면 내신도 안 좋아진다. 일반 내신이 좋은 실업계 학생들보다도 더 불리할 수 있다.

그런 의미에서 중국유학 선택은 더욱 신중히 고려되어야 하고, 만약 유학을 갔다면 대학까지 나와야 한다는 결론이 나온다.

STEP 04

중국유학을 떠나보자
– 미리 경험하는 유학생활

중국유학을 준비하는 학생과 학부모들은 반드시 중국 조기유학 전문가에게 학생이 중국 조기유학을 갈 경우 예상되는 유학 시뮬레이션을 받아볼 필요가 있다. 필자 역시 상담하러 온 학생들에게 미약하지만 '중국 조기유학 처음부터 마칠 때까지'의 대략적인 시뮬레이션을 그려준다.

예를 들어, 중국어를 전혀 모르는 중학교 2학년 1학기를 마친 학생이 9월 학기 입학을 위해 상담을 받으러 왔다고 하자(필자는 다음과 같이 설명을 해줄 것이다).

① 유학을 가기로 결정했다면, 가장 먼저 중국어 학원에서 중국어 입문 정도의 교육을 받고, 시간이 남으면 영·수 기초를 공

부할 필요가 있다.

② 중국 학교에 입학하게 되면 학생이 특별한 중국어 실력이 있지 않는 한 대개 한어반에 들어가게 되는데, 중국의 경우 9월 학기가 신학기이므로 중학교 2학년 1학기 한어반으로 들어가게 될 것이다.

③ 학생이 열심히 했다면 한 학기 이후, 그 다음해 3월에는 국제학력반에 들어가게 될 것이고, 실력이 미흡하다면 다시 한 번 한어반에서 한 학기 수업을 더 받을 것이다(특정학교에서는 바로 차반에 들어가기도 하지만, 개인적인 생각으로는 초등학생이 아닌 이상은 바로 차반에 들어가는 것이 꼭 좋다고만은 볼 수는 없다).

국제부 학력반에 들어가게 되면 중학교 2학년 2학기로 중국 학생들이 아닌 외국학생(거의 한국 학생임)끼리 수업을 받게 된다. 학련반에서는 전 과목을 중학교 2학년 교과서로만 수업을 받는 것이 아니다. 학교에 따라서는 별도로 초등학교 어문교과서(국어)로 수업을 하거나 주요과목들만 배우고 오후에 중국어 교육을 별도로 다시 받는 학교도 있다.

④ 국제부 학력반에 2학년 2학기 과정을 공부하면서 HSK시험도 함께 준비하게 된다. 일반적인 학생들의 경우 1년 안에 HSK 4급~5급 정도의 급수를 취득하는 것이 가능하다

⑤ 중학교 2학년 2학기를 마칠 때까지 학력반에서 열심히 공부하고, HSK 급수도 4급~5급 정도가 있다면 중학교 3학년 1학기 때는 중국 학생들과의 차반수업을 받을 수 있게 된다(차반 시험을

보는 학교도 있으며, 시험과목은 중국어, 영어, 수학 정도이다).

⑥ 고등학교 2학년 1학기까지 차반을 한 학생들은 2학기 때에 차반을 한 학기 더할 건지를 결정하게 된다. 대부분의 학교들이 고등학교 2학년 2학기 때부터 원하는 학교와 학과별로 입시를 준비하기 때문이다. 최소한 고 2, 2학기부터는 중국 대학을 위한 입시대비 준비를 시작해야 한다. 학교에서뿐만 아니라 많은 노하우를 가지고 있는 과외 및 학원 수업으로도 보충해야 한다.

⑦ 고등학교 3학년 2학기 3월~5월에 주요 대학들의 원서접수와 입학시험을 보게 된다.

⑧ 중국 대학입학으로 중국 조기유학과정은 마무리된다.

부족한 공부를 위한 개인과외나 학원 수업은 필수이다. 보통 1년에 3회 정도 HSK시험을 보게 되는데, 시험보기 2개월 전부터는 개인과외를 해야 한다. 아울러 주말에는 유학생들을 위한 여러 가지 다양한 프로그램들을 준비해 주는 것이 좋다. 현재는 HSK 시험 성적이 2년간은 유효하나, 곧 1년으로 바뀐다는 말도 있다.

학교 또한 꼭 한 학교만을 고집할 필요는 없다. 가장 중요한 것은 학생의 중국생활의 적응이며, 그 다음이 중국어 실력이기에 조건에 맞추어서 학교를 선택하는 것이 더 바람직하다.

필자는 상담을 할 때 학생들의 레벨에 맞추어서 학교를 설명하고 추천하고 있다. 예를 들어, 처음 유학을 갔을 때에 적응하기 좋은 학교, 같은 중점학교 중에서도 학비가 저렴한 학교, 초등학교 교육이 잘되어 있는 학교, 차반관리가 우수한 학교, 국제부 학력반 관리가 좋은 학교, 중등부 관리가 좋은 학교, 고등부 관리가 좋은 학교, 고등학교 3학년 입시관리가 좋은 학교 등이다. 그리고 학생들의 성향이나 성품 또한 다양하게 생각해서 맞춤식으로 학교를 추천한다(학교에 입학한 후, 만약 학생과 학교가 맞지 않는다면 바로 전학을 고려해야 한다).

끝으로 학생을 유학보내기 전 학교 답사를 꼭 하라고 권하고 싶다. '백문이불여일견(百聞而不如一見), 백견이불여일행(百見而不如一行)'이라는 말이 있듯이 백 번 듣는 것이 한 번 보는 것만 못하고, 백 번 보는 것이 한 번 경험하는 것만 못하다는 뜻이다.

중국 조기유학을 유학원에 전적으로 의뢰했더라도 조기유학의 성공은 앞서 말한 것과 같이 중국 학교와 유학원 학생관리 담당자 그리고 학생과 학부모가 함께 만들어가는 것이다. 그렇기 때문에 학생뿐만 아니라, 학부모들께서도 유학원 이상 가는 중국의 교육전문가가 되길 바란다.

또한 중국에 조기유학을 가기 전 본인의 현 위치에 맞는 시뮬레이션을 그려놓고 간다면, 가기 전부터 학생도 어느 정도의 목표를 가지고 임할 수 있을 것이라 생각된다.

STEP 05

중국어와 영어

중국어와 영어,
동시에 잡기가 가능하다?

불과 4년 전만 하더라도 필자가 중국유학 상담을 할 때 중국어와 영어를 동시에 학습하는 것은 불가능하다고 단언한 적이 있다. 그때만 하더라도 유학을 보내는 학부모의 입장에서는 이왕 외국에 가는 것이니만큼 중국어 하나만을 잘하는 것보다 영어도 완벽하게 잘하길 원하는 분들이 워낙 많다보니 현지 학생들의 실정을 잘 알고 상담을 하는 필자의 입장에서 어렵다고 말한 것이었다. 그 이유는 중국유학을 하면서 중국어 하나만 가지고도 많은 시간이 필요한데 영어까지 시간을 빼앗기면 이도저도 안 된다는 생각이었다. 게다가 그때만 하더라도 대부분의 유학생들의 나이가 중학교를 마치고 오는 학생들이 많았고, 학습능력도 공부를 잘하는 학생들이 오는 것이 아니었던 만큼 중국어를 공부하다가 대부분 고 2때 입시준비반으로 넘어가기에도 시간이 부족하기에 했던 말이었다.

현재 중국 주요 대학에서 요구하는 영어의 난이도는 굉장히 높아지고 있는 추세이다. 즉, 중국에서 가르치는 영어 교과서 수준보다 더 높은 수준의 실력을 요구하고 있는 것이다. 앞으로의 세계정세를 보더라도 중국어와 영어를 동시에 활용하는 추세로 가는 것이 맞다. 실제로 많은 중국 대학의 한국 유학생들이 대학입학과 동시에 영어에 목숨을 거는 것도 이 때문이다.

그렇다면 조기유학을 가서 중국어와 영어를 동시에 잡기가 가능할까?

중국유학을 하면서 중국어와 영어를 동시에 잡으려면 학교수업과 개인보충수업, 이 두 가지가 동시에 이루어져야 하는데 요즘의 환경이라면 충분히 해볼 만하다고 말할 수 있다. 중국 내에서도 전문적인 영어과외가 많아졌고, 일반적으로 문제가 많은 국제학교가 아니더라도 중국 학교에서 저렴한 학비로 국제학교만큼의 양질의 영어수업이 가능하기 때문이다. 다만, 이를 위해서는 세밀한 학습계획을 세워야 하며, 이에 맞춘 적당한 유학 시기를 결정해야 성립할 수 있다. 왜냐하면, 중학교를 갓 졸업하고 떠난 학생이 상위권 수준의 중국어와 영어를 동시에 습득하는 것은 상대적으로 많은 시간이 소요되기 때문이다.

언어학자들의 연구결과에 따르면 아이들은 모국어가 습득된 만 3, 4세부터 인간의 유전자에 기록된 언어습득 방법을 이용하여, 암기나 주입식 기록이 아닌 생활의 일부로서 언어를 습득하게 된다고 한다. 즉, 모국어를 익히는 것과 동일한 방법으로 외국어를 습득하게 되는 것이다. 하지만 모국어가 아닌 다른 언어를 이러한 방법으로 받아들이는 데 적정한 연령은 만 10세 정도가 한계라는 것이 촘스키를 비롯한 대다수 언어학자들의 의견이다.

　　필자도 초등학생들의 유학 중 학습 기대치에 대해서는 모두 동감하고 있으나, 초등학생의 경우 부모님이 같이 오거나 믿을 만한 홈스테이가 없다면 성공적인 유학을 기대하기 어려울 것이다. 이는 학습적인 면 외에 정서적인 면에서 많은 위험성이 내포되어 있기 때문이다.

　　그런 의미에서 빠르면 초등학교 6학년 또는 중학교 1, 2학년의 시기라면 중국유학에서 중국어 말고도 이중 언어에 대한 보다 효과적인 공부가 가능하다. 그런 학습 욕심이 있는 학생이라면 중국어 하나만 가지고 공부하는 학생보다 배 이상의 노력이 필요하다.

중국 내의 영어권 국제학교

중국 조기유학 상담시 가장 많이 물어보는 질문은 역시 '국제학교'이다. 특히, 강남권 학부모들과 중국 조기유학 설명회를 가질 때면 반드시 들어가는 내용이다.

국제학교란 말 그대로 외국학교가 중국 내에서 허가를 받아 학생들에게 영어로 공부시키며 영어권 학교의 졸업장을 주는 학교를 말한다.

한 자료에 의하면 현재 북경에 있는 국제학교는 미국, 영국, 싱가포르, 홍콩, 캐나다 등 30여 곳에 이른다고 한다. 상해나 각 지방까지 모두 합하면 상당수의 국제학교들이 중국에 있는 것이다. 그러나 국제학교를 전문적으로 소개하는 유학원들은 마치 중국어와 영어를 한꺼번에 습득할 수 있을 것처럼 소개하고, 학부모들 또한 자녀에 대한 욕심으로 최대한 많은 언어를 한꺼번에 가르쳐 주고 싶어 한다.

하지만 필자는 다음과 같은 이유로 중국에서의 국제학교 입학에 대해 다시 한 번 생각해 보라고 권하고 싶다.

첫째, 까다로운 입학 기준

국제학교 입학 기준은 매우 까다롭다. 주재원 자녀여야 함은 물론이며, 어떤 학교들은 원어민과 같은 수준의 어학실력을 갖고 있어야 입학이 가능하다. 인원 제한도 있어서 해당인원이 차게 되면 다음 학기까지 기다려야 한다. 만약 국제학교의 입학이 쉽다면 다시 한 번 학교에 대해 정확하게 알아보기 바란다.

둘째, 비싼 학비

대다수 학부모들이 중국이기에 국제학교 학비도 저렴할 거라 생각하지만, 학비는 대략 2만 달러(연간)에 달한다. 사교육비까지 합쳐진다면 일반 중산층 가정에서 부담하기에는 상당한 금액인 것이다. 그러나 이렇게 비싼 학비임에도 학교 커리큘럼이나 수업 내용은 비싼 학비에 비해 그다지 만족스럽지 못한 학교가 많다.

셋째, 국제학교의 내부적인 문제

북경의 한 국제학교는 한국 학생의 입학 지원자가 너무 많아 몇 학기씩 기다려야 입학이 가능하며, 심지어 한국 학생들을 위해 제2분교까지 짓고 있는 실정이다. 그러나 문제는 국가별 분포를 엄격하게 구분하는 학교보다는 정원의 40~50% 이상이 한국 학생들인 경우도 많다는 것이다. 즉, 외국학생들과 공부하는 것이 아니라 국제학교에 입학을 해서 한 반에서 많은 수의 한국 학생들과 같이 영어 공부를 하고 있다는 것이다(중국인이 보기에 한국인은 분명 외국인이다).

넷째, 영어와 중국어의 병행학습의 문제

중국어와 영어를 동시에 하는 것은 너무나 힘들다. 게다가 국제학교의 경우 영어수업은 한 주 내내 지속이 되지만, 중국어 수업은 교양으로 일주일에 2~4시간 정도가 전부이다.

어떤 학부모는 중국에서 생활하고 있으니 국제학교를 가면 영어와 중국어가 다 해결될 것이라고 생각할 수도 있겠으나, 영어보다 중국어의 경우 사실상 회화 이상의 실력을 기대하기란 힘들다.

다섯째, 중국유학의 진정한 의미

왜 중국에서 영어 공부를 하는지를 다시 한 번 돌이켜 생각해보기를 보란다.

왜 국제학교에 학생을 입학시켰느냐고 물어보면 10명 중 6~7명의 학부모들은 영어권 나라보다는 학비가 저렴하기에, 또는 중국어와 영어를 동시에 배울 수 있는 장점 때문이라고 한다. 만일 영어를 배우기 위함이 목적이라면 중국이 아닌 영어권 나라에서 유학 가기를 추천한다. 유학이란 단순한 언어만 배우는 것이 아닌, 그 나라의 문화도 같이 배우는 것이기에 해당 나라에서 배우는 것이 더 좋다고 생각이 되기 때문이다.

필자가 너무 국제학교에 대해 부정적인 측면만을 내세운 것 같으나, 다른 교육전문가들도 중국 내 국제학교에 대해 상당 부분 문제가 많다고 지적한다.

아울러 지방의 많은 학교들이 단순히 국제부 비준만 받아놓고, 마치 국제학교인양 말하는 학교들이 있기에 학부모들을 더욱 혼란스럽게 하고 있다. 학교 명이 국제학교라고 해서 한국 유학생들에게 국제적인 수준의 교육을 제공한다고 착각하지 말았으면 한다(다만, 만약 학생이 고등학교 또는 대학교를 영어권 나라로 갈 계획이고, 그것을 준비하는 데 초등학교나 중학교 때 중국에 와서 단순히 어학연수 개념으로 있고 싶다거나 영어권 나라에 가기 전까지 국제학교에 있는 거라면 큰 상관은 없을 것이다).

보통 쌍어학교라고 하면 말 그대로 중국어와 영어를 동시에 배우는 학교이다.

대개 외국 교육부와 해당 시의 교육청이 합작해서 설립하는 경우가 많으며, 일반 국제학교보다는 입학도 쉽고 학비도 저렴하다.

이런 쌍어학교 또한 중국 전역에 걸쳐 많은 수가 있다. 대학 또는 고등학교를 영어권 학교로 갈 계획이라면 오히려 국제학교보다 쌍어학교를 택하는 쪽이 현명할지도 모른다.

영어전문가의 조언

예전에 북경에서 몇 년 동안 초등학생을 대상으로 중국어와 영어를 동시에 지도하고 있는 영어컨설팅 전문가를 만난 적이 있다. 그분께서는 중국유학에 있어서 영어의 중요성을 다음과 같이 말하였다.

"'바이링구얼(bilingual ; 2개 국어 사용)' 즉, '이중 언어'라 함은 모국어를 비롯한 두 개의 언어를 모국어 수준으로 구사하는 것을 뜻합니다. 다국적 언어를 구사한다는 것 자체가 너무나 힘든 길이기에 그동안의 유학에서는 한 가지 언어만이라도 잘하라고 요구하는 정도였지만, 지금의 한국 유학생들에게 있어서는 영어와 중국어의 이중 언어 구사가 꼭 필요한 시대로 오고 있습니다.

세계를 향해 뜻을 품는 유학생이라고 한다면 몇 가지 언어를 구사해야 함을 생각하고 있겠지만, 그 중에서도 영어와 중국어는 가장 급하고 중요한 기본 중의 기본이라 할 수 있을 것입니다.

어떤 한국의 교육전문가가 말하기를 앞으로의 우리 아이들이 자라는 세계정세에 있어서는 중국이 세계 초강대국이 될 것이기에 영어는 중요하지 않으니 중국어에 최선을 다해야 한다는 말을 들은 적이 있다. 하지만 이는 그렇지 않다고 봅니다.

현재 전 세계 30여 개국에서 약 10억의 인구가 영어를 구사하는 것과 사회과학 및 자연과학의 진보가 대부분 영어권 강대국의 주도로 이루어지는 현실을 감안한다고 한다면, 향후 30년 내에 영어가 제1언어에서 도태할 가망성은 크게 보이지 않습니다. 다만, 중국의 영향력은 무시할 수 없고 중국과 함께 발전해야 하는 상황과 맞물리는 것은 분명한 현실입니다. 그런 상황 속에서 지금의 시대는 유학을 떠난 우리 학생들이 영어와 중국어의 이중 언어 구사자가 되는 것이 시대의 요구인 것입니다.

그래서 앞으로의 중국유학에 있어서 가장 중요한 것은 중국어 다음의 영어를 얼마만큼의 실력으로 끌어올릴 수 있느냐가 관건이 될 것입니다."

많은 부분 동감하는 말이다.

앞으로의 세계정세가 중국을 중심으로 돌아간다 할지라도 영어에 대한 중요성은 거의 필수적이다. 그렇다면 문제는 중국어 하나만 가지고도 벅찬 중국유학의 시기에서 영어까지 어떻게 잘 할 수

있느냐는 것인데, 중국어와 영어를 동시에 잡는 방법에 관해서는
다음 시뮬레이션을 보면서 자세히 설명하는 것이 좋겠다.

영어와 중국어
동시정복 시뮬레이션

중국 유학생이 중국어와 영어를 동시에 해내겠다는 목표가 있다면 여러 가지 요소가 수반되어져야 한다. 무엇보다 적당한 유학 시기가 보장되어야 하겠지만, 최소 처음 1년 정도는 죽을 만큼의 노력이 필요하며, 방과 후 철저한 보충수업과 학습관리가 수반되어야만 한다.

이 시기에는 본인의 노력과 마음가짐에는 한계가 있기 때문에 지속적으로 학습상담을 하고, 같은 목표를 가지고 공부하는 친구들도 필요하다.

실제로 필자가 관리하고 있는 학생들 중에서 중국어와 영어를 동시에 공부했던 학생들의 학습방법을 가지고 설명해 보고자 한다.

먼저 중국어와 영어를 동시에 공부하기에 가장 적합한 중 1 학생을 기준으로 설명한다.

[중 1학년 1학기(중국에서는 9월 학기)]

- 이 시기에는 중국어 학습에 가장 주안점을 두되 매일같이 영어 공부를 하며, 수학을 놓지 않는 것이 중요하다.
- 중국어와 수학 과외는 할 수만 있다면 1:1 개인과외가 좋다. 본인의 학습능력에 맞추어 최단시간 최대한의 효과를 낼 수 있기 때문에 그렇다. 영어의 경우에는 처음에는 경쟁심 유발을 생각하여 그룹과외가 더 효과적일 수 있다.
- 입학은 중국어 기초를 가장 잘 가르치는 통학 가능한 중국 학교로 정한다.
- 짧은 기간 동안 최대한의 효과를 보려면 방과 후 과외와 자습, 학습관리가 제일 중요하다.
- 1년의 기간 동안에는 중국어 학습의 비율을 높인다. 중국어의 읽기, 듣기, 말하기, 쓰기의 기초훈련부터 시작하여 2학기 때에 중국인반에 들어갈 수 있도록 중국어 실력을 키운다.
- 중국어의 비중을 높이되, 영어와 수학을 놓지 않는다. 이 시기에는 영어 학습시 기초문법과 가급적 많은 양의 단어 외우기에 비중을 두어야 한다. 특히, 영어의 경우 풍부한 어휘력이 갖추어져야 하므로 단어와 숙어, 동의어를 기반으로 한 활

용문장을 매일같이 꾸준히 사용하고 점차 늘려가는 연습을
해야 한다.
- 최소한 기본 숙제와 과제 외 중국어와 영어는 별도로 하루에
  30개씩 단어를 암기하되, 매일같이 하는 것이 가장 중요하다.
- 요일별 학습을 고려한다면 중국어와 영어는 매일하되, 수학
  은 주말을 이용하여 시간을 할애한다. 수학의 경우 당장 학
  교에서 배우지는 않지만, 나중을 생각하여 틈틈이 학년 과정
  을 마스터할 수 있게 한다.

[중 1학년 겨울방학(1월~2월 중)]

- 겨울방학과 여름방학 기간 동안이야말로 본인의 실력을 한
  단계 올릴 수 있는 절호의 기회이기에 중국에서는 보통 특별
  특강기간으로 간주한다(중국어, 영어, 수학).
- 중국어와 수학의 경우 다음 학기 교과서 즉, 중 1, 2학기 교
  과서의 중국어와 수학을 가지고 공부를 한다. 영어는 지금까
  지의 기초문법을 지속적으로 하되, 2학기 영어교과서의 모든
  단어와 숙어는 암기하도록 한다.
- 약 4~5주면 부족하나마 교과서를 한 번 돌아갈 수 있다. 그
  러기 위해서는 아침 8시부터 새벽 1시까지는 1:1 개인과외 및
  자습이 제일 중요하다. 특히, 과외를 2시간 동안 해도 자습
  이 3시간 이상 주어지지 않으면 절대로 내 것이 될 수 없다

는 것을 명심하고, 자습시간에 최선을 다해 혼자 공부하는 습
관을 들여야 한다.

- 방학 중 학습은 평소보다 더 많은 노력을 요구하기 때문에
많이 힘들다. 제대로 된 학습계획을 가지고 있다면 학기 중
자유시간이나 쉬는 시간은 자연히 줄어들 수밖에 없다. 그러
나 이 4~5주의 기간만 잘 버틸 수 있다면 그 학습효과는 개
학을 했을 때 본인이 놀랄 정도로 나타나게 된다.

[중 1학년 2학기]

- 이 시기는 중국어의 기초를 넘어 중국어 활용에 접어드는 시
기이다.
- 1학기 동안 최선을 다해 중국어 공부를 하고, 유학 전 여름
방학과 학기 중 겨울방학을 학습계획에 맞추어 알차게 보냈
다면 2학기에는 중국인반에 입학이 가능할 것이다. 중국인반
에서의 첫 수업은 굉장히 힘들 것이다. 아마도 수업 중 알아
듣는 내용이 전체 비율 중 30%도 채 안될 것이다. 중국어나
영어, 수학은 조금 이해할 수 있겠지만, 그 외의 과목은 기
본적인 내용조차도 이해하기 힘들 것이다. 그러나 욕심내지
말고 하나씩 단계를 밟아나가면 된다.
- 첫 중국인반에서 다른 과목에 대한 보충은 과감히 버리는 것
이 좋다. 다른 과목까지 챙기기에는 시간이 너무 부족하므로

아직은 중국어, 영어, 수학 외에는 욕심을 내지 말자. 단, 학교에서 모든 과목의 노트 필기는 하되, 들리지 않더라도 최대한 귀를 기울여 경청하려 애써야 한다. 정말 힘들겠지만, 어느 날 갑자기 대다수의 학생들이 자기도 모르게 수업 중 귀가 열리는 기적 같은 일을 경험한다. 이는 매일같이 늘리는 단어의 양과 본인의 노력이 바탕이 되어야 하기에 포기하지 말고, 바른 학습태도를 가져야 한다.

- 방과 후 중국어 과외는 교과서 위주로 하되 지속적인 문법 활용을 배워야 한다.
- 이 시기에도 최소 기본 숙제와 과제 외 중국어와 영어는 별도로 하루에 30개씩 단어를 암기하되, 매일같이 하는 것이 가장 중요하다.
- 영어 과외의 경우 기초분법과 단어의 양 외에 이제 국제학교가 아닌 영어 IB과정반 입학을 위해 입학시험 준비를 하여야 한다.

※ 중국의 학교 중에는 중국 학생과 외국 학생을 위해 국제학교가 아니지만, 국제학교와 같은 수업방식의 교육과정반이 있다. 즉, 중국 학교에서 별도의 IB과정 영어반을 만들어 외국 현지 교사들이 해당 학년의 전 과목을 외국 교과서를 가지고 가르치는 반이다. 학비는 국제학교에 비해 4분의 1도 안되지만, 수업내용이나 학습효과는 매우 높다. 북경 내에서도 2~3곳밖에는 없다. 입학시험은 중, 영, 수 3과목이지만, 현지에서 좋은 소문이 나다보니 지금은 높은 경쟁률로 인해 최소한 1학기 전부터의 입학시험 준비가 필요하다.
또한 다국적 학생들이 포진하고 있기에 영어교육 환경에서도 많은 도움이 된다.

제대로 된 영어 실력을 키우기 위해서는 단순히 과외만 해서는 불가능하다. 제대로 된 학교수업이 필요하기에 이 IB과정을 거쳐야 한다. 그러나 이제 막 중국어를 알아가고 있는 시기에, 영어에 모든 시간을 투자해서도 안 된다. 2학기째에는 중국 교과서 수업을 처음 듣는 시기이기에 중국어의 실력을 높이는 반면, 보다 높은 영어교육과 IB영어반에 입학하기 위해 입학시험을 준비하는 기간으로 생각하면 된다.

 - 수학은 한번 뒤쳐지면 나중에 한꺼번에 공부하기가 매우 어려운 과목이다. 꾸준히 해당 학년 교과서로 진도를 맞추어 주말을 이용하여 공부해야 한다.

 - 거의 방학 초기 아니면, 방학 바로 전에 입학시험을 치르게 된다. 여기에서 바로 합격이 된 학생이 있는 반면, 한 학기 동안 재수(?)를 해야 하는 학생도 있다. 한국에서 영어교육을 많이 받은 학생일 경우가 아무래도 더 합격비율이 좋다. 꼭 합격이 되지 않더라도 그 나름대로의 중국어 공부를 더 집중적으로 할 수 있다는 장점이 있다.

 일단은 한국에서의 영어가 부족한 학생을 기준으로 하여 입학시험에 실패하였다는 가정 하에 계속 시뮬레이션을 그려보겠다.

[중 2학년 전 여름방학]

 - 앞의 겨울방학과 같은 내용으로 특강을 지속하면 된다. 방학

기간이라 힘들지만, 할 수만 있다면 최대한의 공부를 하기 위해 노력하자. 하지만 주말의 경우에는 스트레스를 풀 수 있도록 잠깐 운동이나 휴식을 취하기 위해 야외로 외출하는 것을 잊어서는 안 된다.

[중 2학년 1학기(9월 중)]

- 앞과 마찬가지로 해당 학년 중국 교과서와 수학 공부를 하고, 영어는 IB영어반 입학시험을 준비한다. 특별한 이상이 없는 한 겨울방학 초에 입학시험을 볼 것이고, 합격을 하게 될 것이다.
- 이 시기에 중국어 HSK시험 준비를 해본다. 유학 초기에도 자신의 실력을 평가하기 위해서 HSK시험을 보는 것도 좋으나, 크게 중요한 것이 아니니만큼 유학 초기보다는 이때쯤 HSK시험을 통하여 자신의 실력을 검증해 보는 것이 좋다. 대신 별도로 HSK시험 준비를 하지 말고, 말 그대로 평소 실력으로 HSK를 보는 것이 중요하다. 현재 HSK급수가 중요한 것이 아니니만큼 실력 점검 정도로 생각해 보면 좋을 것이다.

[중 2학년 겨울방학]

- 이때에는 영어수업의 경우 다음 학기 영어반이 내정되어 있

으므로 다음 학기에 배울 영어교과서를 중심으로 공부하면
된다. 또한 이때부터는 중국어와 영어 공부의 비중이 바뀌어
야 한다. 다음 학기에 영어반에 입학할 경우 전 과목을 영어
로 배우는데, 이때에는 영어에 거의 집중을 해야 한다. 중국
어와 수학의 경우도 거의 주말에 해야 하고, 평일에는 영어
공부와 중국어 단어 공부에만 집중해야 한다. 그리기에 겨울
방학 때 중국어에 좀 더 시간을 할애하고 모자란 수학 공부
를 미리 해두어야 한다.

[중 2학년 2학기]

- 첫 영어반 수업은 많이 힘들 것이다. 그러나 하나하나 차근
  차근 단계를 밟아나가다 보면 한국에서의 영어 실력과는 비
  교도 안 될 정도로 수준이 높아져 갈 것이다. 이때 중요한 것
  은 모든 숙제를 최대한으로 해가야 한다. 숙제의 완성도는 낮
  을지라도 시간이 지날수록 높아져 갈 것이다.
- 이때에도 중국어 단어 암기는 매일같이 꾸준히 해야 하며, 주
  말에는 중국어와 수학을 보충하도록 한다.
- 이 시기에 좀 더 수준 높은 영어 실력 향상을 위해 미국으로
  의 교환학생제도(영어권 유학)를 생각해 봐야 한다(말이 교환
  학생이지 중국과 미국의 학제가 같은 만큼 거의 영어권으로
  의 전학이라 생각하면 된다).

한국에서는 영어권으로 유학을 간다고 하면 비용적으로 많은 부담을 가지게 된다. 특히, 사립기숙학교의 경우는 한 학기에 4,000~5,000만 원에 이른다. 그러나 필자가 아는 방법으로 하면 거의 중국유학 비용으로 모든 것을 해결할 수 있다. 학교는 믿을 만한 국립학교로 하고, 매일 보충이 가능한 홈스테이도 하며, 학원비까지 모두 합해도 북경 유학비용에서 과외비를 더한 수준 정도의 비용으로 영어권 유학이 가능하다.

이 시기에 영어권 유학을 생각하라는 이유는 따로 있다. 많은 사람들이 인정하는 것처럼 언어를 배우기 위해 외국으로 가는 것은 언어뿐 아니라 언어를 배울 수 있는 환경이 중요하기 때문이다. 중국 내에서 어느 정도 이상의 영어 실력은 쌓을 수 있을지 몰라도 영어권 국가만큼의 환경이 아닌 이상, 역시 그 한계가 있다고 본다. 보다 높은 영어 실력을 쌓기 위해서는 역시 그 나라 환경 속에서 영어권 국가의 학생들과 이루어져야 할 필요가 있는 것이다. 대신, 기간은 1년으로 생각하는 것이 좋다. 그 이상이 되면 나중에 중국에 돌아왔을 때 다시금 중국어를 공부하기에 한계가 있다.

- 보통 중 3, 1학기 이전 방학 때 영어권으로 유학을 간다면 3월 이전부터 영어권 학교 선택과 입학시험, 인터뷰시험을 패스하고, 서류적인 부분과 비자 문제를 해결해야 한다. 그러면 대개 7월 초에서 중순 정도에는 출국을 하게 된다.
- 그 영어권으로의 1년 유학이 결정되더라도 지속적인 중국어

와 수학 공부를 소홀히 해서는 안 된다. 특히, 중국어의 경우 출국 전 HSK 고급 급수를 취득해 놓고 가는 편이 바람직하다. 나중에 돌아와서 고등학교 과정 중국인반을 갈 경우에 급수가 있으면 들어가기가 훨씬 수월하기 때문이다.

[중 3학년 1, 2학기]

중 3학년 1, 2학기 과정을 미국에서 보내면, 높은 수준의 영어 교육을 받을 수 있다. 대신, 나중에 중국 고등학교 과정으로 되돌아올 것을 생각해서 미리 중국 교과서 중학교 과정 책들과 고등학교 1학년 과정의 책을 가져가야 한다. 미국 현지에서도 중국어 공부는 주말과 방학 때를 이용하여 꾸준히 하여야 한다(현지에서 미국 대학으로의 입학을 결정할 수도 있다. 그 부분에 대해서는 이후에 다시 기술해 보고자 한다).

[고 1학년 1학기 이전 여름방학]

고등학교 1학년 때 중국에 돌아와서는 방학 때부터 고 1학년 1학기 교과과정 중 중국어, 영어, 수학 공부를 하여야 한다. 영어의 경우 그 정도가 되면 고급수준의 영어라 생각이 된다. 그러면 거의 중국어에 비중을 많이 두고, 다음 학기 배울 교과서와 회화에 신경을 써야 한다. 아마도 1년 전 배웠던 중국어를 많이 잊었

을 때이기에 많은 노력이 필요할 것이다

[그 이후 과정]

중국 학교의 경우 중학교 과정과 고등학교 과정은 교과서 난이도 면에서 큰 차이가 난다. 그 난이도 때문에 중국인반 수업이 고등학교보다 중학교가 훨씬 수월한 것이다. 고등학교이니만큼 최선을 다해 따라가야 할 것이고, 1년이 지나서 많이 잊었던 부분이 있겠지만 한 학기 정도면 어렵지 않게 적응을 할 수 있을 것이다.

미국으로 1년 유학을 가기 전 HSK 고급 급수를 미리 취득하도록 권유하는 것도, 중국 고등학교 중국인반 입학시 우수한 학교일수록 학생 검증을 실시하기 때문이다. 영어를 잘하는 것도 장점이 되겠지만, 기본적으로 중국어를 우선시한다.

또한 중국 내에서는 한국에서와 마찬가지로 학교 간 영어말하기 대회도 있다. 미국에서 1년간 유학을 한 바탕이 있다면 이 또한 다른 중국 학생들과 친해지는 데 큰 도움이 될 것이다. 이후에 중국 대학입시에서도 갈수록 영어의 난이도가 어려워지고 있는만큼 중학시절의 영어 공부한 것이 큰 도움이 될 것이다. 이는 나중에 영어권 대학으로의 편입이나 대학원을 갈 때에도 좋은 바탕이 된다.

여기까지 필자가 직접 관리했던 학생들을 기초로 하여 시뮬레이션을 그려 보았다. 말이 쉬운 것이지 이렇게 되기까지에는 진실로 많은 인내의 시간들이 필요하다. 학생들이 일주일 내내 아침부터 밤까지 공부만 할 수는 없겠지만, 남들보다는 몇 배의 노력과 함께 자유시간을 포기해야 하는 것이다. 좀 더 쉴 수 있고, 자유시간을 갖고, 여가를 즐기는 것은 최소한으로 제외하고 모두 포기해야 하는 것이다. 참으로 쉽지 않은 일이다. 하지만 지금도 소수의 학생들은 앞과 같이 두 가지 언어를 동시에 하기 위해 많은 노력을 하고 있다.

필자가 생각하는 중국어와 영어를 동시에 납득할 만한 수준으로 정복하고자 한다면 다음과 같은 환경이 절대적으로 갖추어져야만 한다.

- 말 그대로 유학 초기부터 확실한 각오와 목표가 성립되어야 한다. 아무리 힘들어도 남들이 성공하는 만큼 나도 반드시 할 수 있다는 굳은 의지가 필요하다.
- 개인과외가 필요한 만큼 홈스테이를 적극 선호한다. 기숙학교에서는 이를 위한 학교측의 실무적인 노력이 따라주지 않는 한, 곧 한계에 부딪히기 마련이다.
- 제일 중요한 것은 학습관리자이다. 학생을 대상으로 하여 체계적인 학습방법으로 단기간 내에 성과를 올릴 수 있도록 학습계획을 세워주고, 끊임없는 상담과 숙제관리를 해야 한다.

이 나이 때의 학생은 스스로 공부할 의지를 갖기에는 많이 어린 나이이다. 때로는 다그치면서, 때로는 위로하면서 끌고 가야 한다. 어쩌면 중국어와 영어를 동시에 해내기 위한 바른 학습관리자의 선정은 모든 결과의 성패를 좌우할 정도로 중요다고 할 수 있다.

- 주변에 학습친구가 필요하다. 때때로 홈스테이에서 학생이 많으면 많은 문제점이 일어난다는 것은 누구나가 알고 있는 사실이다. 그러나 공동의 학습목표를 가지고 있는 학생들, 또한 모두가 다 노력하는 학생들이라면 혼자 공부할 때보다 몇 배의 학습효과를 가져온다. 중국어와 영어를 동시에 잘 한다는 것도 혼자만의 노력이 기본이 되지만, 같이 고생하고 노력하는 소수의 친구들이 있다면 그 효과는 배가 될 것이다.

- 나이와 시기가 중요하다. 권유하는 연령은 초등학교 6년생에서 중학교 1년생이 가장 적당하다. 중 2, 3 학생도 가능하기는 하지만 학생 개인의 노력이 몇 배로 요구되어지거나 다른 요소를 포기해야만 하는 기회비용이 발생하게 된다. 중국인 반의 수업이나 영어권으로의 1년 유학 등 학생 시기에 맞추어서 진행을 못하는 부분도 있다. 특히, 고등학생 때 중국유학을 왔는데 중국 대학을 목표로 한다면, 영어반이나 미국유학 등은 시간적으로 거의 불가능하다.

시기 또한 학생은 아무런 마음의 준비가 안 되어 있는데 무조건 부모 욕심으로 동시에 두 가지 언어를 시키는 것은 큰 의미가 없다. 두 가지 언어를 목표로 한다는 것은 몇 년 동안의 노력과 인내가 필요하기 때문에 학생이 어느 정도 마음의 결단을 한 시기가 중요하다.

지금까지 중국어와 영어를 동시에 잘 할 수 있는 방법을 살펴 보았다. 분명 쉽지 않은 길이나, 알맞은 나이와 시기의 학생이 학습관리 경험이 있는 관리자와 함께 효율적인 학습과정 속에서 인내심을 갖고 노력한다면 분명 가능할 것이다.

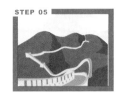

중국어와 영어, 두 마리 토끼를 잡은 실제 학생들의 이야기

실제로 필자가 관리하고 있는 몇몇 학생들 중에 중국어와 영어를 동시에 하고 있는 학생의 예를 들어보고자 한다.

[학생 A군의 경우]

이 학생은 한국에서 중학교 1학년을 마치고 중국유학길에 오르게 되었다. 처음 출발할 때만 하더라도 많은 자신감에 차 있었다. 서울의 한 지역 중학교에서 전교 1, 2등을 차지하고 있는 학업능력에다 이미 외고를 목표로 하고 있었기에 중학교 과정의 국, 영, 수를 마친 상황이었다. 특히, 영어의 경우에도 한국에서는 상당히 잘한다고 얘기할 수 있었다. 그러기에 중국유학을 가서도 동시에 중국어와 영어를 동시에 공부해도 좋은 결과를 보여줄 것으로 기대되었다.

영어를 잘 한다고 하기에 2주 정도 시험 대비를 하고, 가자마자 IB과정의 영어반 입학시험을 치르게 하였다. 그러나 결과는 '탈락'이었다.

이후에 캐나다 교과서로 단어와 문장능력 등을 테스트하였는데, 분명히 한국에서는 중학교 과정의 영어를 끝낸 상태임에도 불구하고, 캐나다 영어교과서로서의 학습능력은 초등학교 6학년에 불과한 것으로 나타났다. 어쩌면 이는 한국 영어교육의 현실이자 문제일지 모르겠다.

그 이후 이 학생은 결과에 크게 상심하였으나, 다시금 중국어 기초와 영어교육을 나누어 공부하면서 다음 학기 영어반 입학시험을 준비하였다. 다행히 중학교 과정의 수학은 어느 정도 만족할 만한 수준이었기에 조금 더 영어 공부에 치중할 수 있었다. 그렇다고 중국어 공부를 나태하게 한 것은 아니었다. 이미 방학 때 중국어 기초과정은 5주 동안 확실히 마쳤고, 그 입학 학기에 중국어 기초반에서 기초를 잘 잡아주면서, 방과 후와 주말을 이용하여 체계적으로 영어 공부를 하게 된 것이다. 이 학생의 경우에는 워낙 학습능력과 이해능력이 다른 학생보다 높은 수준이었기에 2학기 때에 무난하게 영어반에 합격을 하였다.

처음에는 과제도 많고, 모든 교과의 영어수업으로 진행되다보니 많이 힘들어했다. 하지만 차츰 적응하게 되었고, 그 가운데에서도 중국어를 주말과 방학을 이용하여 꾸준히 공부하고 있다.

[학생 B양의 경우]

학생 B양의 경우 이미 중국에서 1년 동안 유학을 하고 있는 중학교 2학년에 올라가는 학생이었다. 중국 북경 외 지역이었지만, 본인의 힘으로 열심히 공부를 하여 중국어 기초를 마무리한 상태였다.

우연한 계기에 상담을 하게 되었고, 1년 뒤 미국으로의 1년 유학을 위하여 세 학기 동안 필자가 운영하는 중국어와 영어교육 과정을 거치게 되었다.

처음에는 많이 힘들어했다. 그동안 중국에서의 1년 유학생활이 자유스러운 분위기에서 본인 스스로의 공부 방법이었다면, 필자가 운영하는 홈스테이에서는 약간의 스파르타식 학습관리가 가미되다 보니 처음 1~2개월 동안은 약간(?)의 반항과 함께 때때로 눈물도 흘리는 모습을 자주 보았다. 그러나 그때 이 학생에게 가장 힘이 되었던 것은 다름 아닌 같은 목표를 가지고 공부를 하는 친구들이었다. 이 힘든 과정을 본인 혼자 한다면 잘해낼 수 있을까 하는 의구심과 반복되는 과정에 능률도 떨어지겠지만, 아무래도 같은 목표를 지니고 있는 친구들이 주변에 있다 보니 힘든 순간 순간에 큰 위로가 되면서 때로는 경쟁도 되었다.

그러다가 점차적으로 본인의 실력이 높아지고 있다는 것을 느끼던 어느 순간, 말 그대로 '재미'를 느끼고 공부하는 시점이 되었고, 그동안의 힘들었던 공부를 즐길 수는 없어도 최소한 때때로 웃으면서 할 수 있는 여력이 생기게 되었다. 매일매일 규칙적인 생활에서도 수동적이 아닌 능동적으로 공부하는 시기가 된 것이다.

그 이후부터는 거의 모든 일이 순차적으로 진행되어갔다. 기본적으로 암기력과 이해력이 좋은 것도 있었지만, 본인의 꾸준한 노력이 뒷받침되다보니 2학기 때에 영어반에 입학하면서 바로 한 학기 동안 영어교과 과정을 마치고 현재 미국에서 유학 중에 있다. 그렇다고 중국어와 수학을 놓은 것은 아니었다. 수학은 가기 전에 이미 중학교 과정을 모두 마쳤고, 중국어 또한 HSK급수 8급을 취득할 정도로 고급수준을 만들어 놓고 미국유학길에 올랐다.

[학생 C군의 경우]

이 학생을 만났을 때에는 이미 중국유학 중이었고, 한 학기를 마친 상태였다. 그러나 해당 학교에 복합적인 문제가 생기자 학생이 어머니와 함께 직접 찾아와 상담을 요청한 것이었다. 나이가 앞의 여학생과 같은 나이였기에 중국어와 영어를 동시에 학습하는 방향으로 추천했고, 2학기부터 그대로 진행을 하였다.

이 학생은 앞의 여학생처럼 중국어를 아주 잘하는 것도, 영어 실력이 기본적으로 있는 것도 아니었다. 공부습관 또한 아직 잡히지 않았을 때였다. 성격도 약간 낯을 가리는 내성적인 면이 강했다. 그러다보니 학업적으로도 친구와 약간의 비교가 되는 상황에 내성적인 성격으로 자신의 힘든 마음을 쉽게 표출하지 못하다보니 많은 스트레스를 받았다.

그런 가운데 이 학생을 잡아준 것은 다름 아닌 본인 스스로의 끈기와 인내심이었다. 거기에 친구와 선생님의 끊임없는 자극과 격려가 있다 보니 어느새부턴가 성격적으로도 능글맞다고 할 정도로 밝아져 있었고, 그 여학생과 똑같이 IB과정의 영어반에 합격하였다.

영어 실력은 다소 부족하였지만 미국 학교 입학에 성공하여 현재는 1년 과정의 미국유학길에 올라있다. 이 학생 또한 가기 전 HSK 8급의 고급급수를 취득하였고, 수학 또한 중학교 과정을 마치고 간 상태이다.

앞의 3명의 학생들의 예를 들었다. 이는 중국어와 영어를 동시에 공부하는 과정이 분명 쉬운 길은 아니지만, 이미 여러 학생들이 성공하였고 지금도 많은 학생들이 열심히 노력하고 있음을 알게 하기 위함이다.

일찍 중국유학길에 오른 학생이라면, 꼭 중국어와 영어의 이중언어를 동시에 공부하는 환경을 갖기 바란다. 분명 시작은 많이 힘들고 어렵다. 또한 단순히 중국어만 공부하는 남들보다 몇 배의 노력을 필요로 한다. 하지만 1년 정도만 지나면 어느새인가 유학생들 중에서도 많이 앞서 있는 본인을 발견하게 되면서 보다 큰 비전을 품게 될 것이다.

영어권 대학과 중국 대학,
어느 곳을 선택할까?

앞에서 설명한 바와 같이 앞으로 우리 아이들이 세계의 주역으로 살아갈 세대에 있어서 중국어와 영어는 분명 중요한 위치에 있다. 실제로 예전에 만나본 북경대에 입학한 학생들도 1학년 초기부터 영어에 목숨을 걸고 달려드는 이유가 바로 이 때문일 것이다.

아무리 중국이 세계 초일류국가로 부상한다 할지라도 영어를 무시할 수는 없을 것이며, 영어를 잘한다 할지라도 누구나가 당연시하는 영어 하나만 가지고는 '글로벌 인재'를 만들어 낼 수는 없는 것이다. 앞으로 10년 후의 미래에 있어서는 할 수만 있다면 두 가지 언어를 해내야만 하는 게 현실이다.

그렇다면 중국 대학과 미국 대학 중 어느 곳을 가는 것이 더 바람직할까? 이것은 각 전문가대로 생각하는 조건이 다 달라, 둘 중에 꼭 어느 한 편이 낫다고는 할 수는 없다. 어디에서건 본인의 노력 여하에 따라 미래의 모습이 달라지기 때문이다. 실제로 과학 기술 분야에 있어서는 중국 쪽보다는 영어권 대학의 수준이 높은 것도 사실이다.

어느 쪽을 선택하더라도 틀린 선택은 아니겠지만, 필자의 주관적인 생각은 중국 대학을 나와서 영어권 대학으로의 편입 또는 대학원 진학을 계획하는 것이 더 좋지 않나 생각한다. 그렇다고 필자가 무조건 이것이 맞다고 주장할 수도 없을 것이다. 개인의 꿈과 비전에 맞추어서 신중하게 검토를 하되, 보다 글로벌한 생각을 가지고 있는 학생들에게는 앞으로의 미래에 있어서는 일단 중국 대학을 입학하는 것이 더 좋을 수 있다는 견해이다.

지금도 중국에는 거의 14만 명에 가까운 중국 유학생들이 있다고 한다. 그 수많은 유학생들 중에서도 스스로 '글로벌 인재'가 되고자 한다면, 분명 중국어와 영어 둘 다 포기할 수 없는 현실임을 알아야 한다.

누구나가 이룰 수는 없겠지만, 이미 어디선가는 그것을 이루고 있는 소수의 학생들이 있다는 사실을 알아야 할 것이다.

STEP 06
성공적인 중국유학 방법에 대하여

한 학생이 중국유학길에 올랐다. 중국에 간지 2개월이 지나 학생의 엄마가 전화를 했다.
"잘 지내니? 힘들지는 않고?"
만일 이 질문에 학생이,
"예, 엄마. 너무 잘 지내고 있어요. 공부도 재미있고, 주변에 재미있는 것도 너무 많고, 선생님들도 친구들도 다 좋고, 중국유학 오길 너무 잘 한 거 같아요!"라고 얘기했다면……

그 자녀의 중국유학의 처음 시작은 감히 실패했다고 말하고 싶다.

― 본문 중에서 ―

중국유학에 대한
마음가짐을 새롭게 하자

중국유학을 떠날 때 유학에 대한 어떠한 생각이 가장 좋은 생각일까?

지금은 어엿한 대학생이지만, 약 3년 전에 관리를 맡았던 한 남학생이 있었다. 약간 늦은 감이 있지만 고등학교 1학년 때 중국에 유학을 왔고, 그 전까지는 한국에서 공부와는 아예 담을 쌓은 학생이었다. 하지만 다른 학생들과는 달리 정말 성실한 학생이었고, 부모님 또한 더할 나위 없이 좋은 분들이었다. 그런 인격을 가진 부모님이기에 그 학생을 맡으면서 이 아이만큼은 책임지고 좋은 대학에 보낼 테니 걱정 말라는 안심까지 시켰다. 학생 또한 필자의 말에는 거의 100% 순종할 정도로 순직(純直)하고 착한 학생이었다.

1년 정도 중국어 기초교육과 함께 영어와 수학을 지도했다. 아울러 중국인반에서 수업도 들어보고, 국제반에서 모자란 공부를 다시 하기도 하였다.

그러나 그 남학생은 말 못할 고민을 안고 있었다. 그렇게까지 열심히 하는데도 성적이 빨리 오르지 않는 것이었다. 암기력에 자신이 있는 것도 아니었고, 영어와 수학에 기초가 없다보니 중국에서 배우는 영어와 수학 또한 감당하기 어려워했다. 이해력과 응용력이 떨어지다 보니 본인 스스로가 말 못할 고민을 안고 있었던 것이다. 지도하는 선생님들도 이렇게까지 노력을 하는데 성적이 빨리 오르지 않으니 안쓰러워할 때가 많았다.

유학을 간지 1년이 넘었을 때 학생의 부모님 또한 적잖게 실망을 하게 되었다. 들리는 말에 의하면 학생들 중 가장 열심히 하는데 1년이 다 되도록 눈이 띄는 결과가 나오지 않았다는 것이다.

그때 필자는 그 남학생과 상담 중에 이런 말을 해주었다.

"사람마다 갖고 있는 능력이 여러 가지가 있다. 공부를 잘한다는 것은 암기력과 이해력, 응용력이 남들보다 뛰어나다는 것이다. 학생 때에는 그 암기력, 이해력, 응용력이 있으면 다른 사람들에게 인정을 받게 된다. 그러나 사람이 그 3가지가 부족하다하더라도 절대로 그 사람을 낮게 여겨서는 안 된다. 그 사람이 갖고 있는 그 외의 수많은 능력 가운데 어떠한 무한한 잠재력이 있는지도 모르기 때문이다. 다만, 유학의 성공은 결과를 빼놓을 수는 없다.

결국은 내가 남들보다 암기력, 이해력, 응용력이 부족하다면 시간과의 싸움을 할 수밖에는 없다. 즉, 머리 좋은 학생들이 한 시간 만에 끝낼 수 있는 것을 불공평할지라도 두 시간, 세 시간을 투자할 수밖에는 없는 것이다. 암기력, 이해력, 응용력이 낮은 학생들이 끝내 결과가 안 좋은 것은 그 능력이 낮기 때문이 아니라 끝까지 가는 끈기가 부족해서다.

지금은 네가 부모님께 죄송한 것은 물론 마음이 초조하고, 답답할 것이다. 하지만 지금 1년이 힘들고, 앞으로도 최소한 1년은 더 힘들겠지만, 고 3이 되기 전에 네게 비전을 보여주겠다. 대신 포기하지 말고 네 자신이 납득할 수 있는, 후회하지 않을 수 있는 공부를 해라. 그 다음은 내가 책임지겠다."

그 후 고 3이 되었을 때 이 남학생은 결국은 청화대학에 입학하게 되었다.

고 1때 본인의 노력에도 불구하고 결과가 만족스럽지 않은 부분에 대해 자책하였지만, 결국 3년 만에 큰 성공을 거두었다. 대학 간판이 중요한 게 아니라, 그 과정 속에서 그 남학생은 자신에게 그리고 부모님에게 떳떳하게 최선을 다해 공부한 것이다.

중국유학 중에 있는 또는 중국유학을 준비하는 많은 학생들도 이와 같았으면 좋겠다.

암기력과 이해력, 응용력 등 이 3가지로 인해 결과가 더 빨리 나오는 학생도 있고, 2년 정도가 걸리는 학생도 있다. 하지만 결과는 똑같다. 사람마다 가지고 있는 능력이 다를지라도 그것을 같게 만드는 것도 결국은 본인에 의해서만 가능하다.

공부를 못하는 학생이 어느 수준에 도달할 때까지 멈추지 않고 꾸준히 노력한다는 것은 상당히 어려운 일이다.

지금도 중국유학 중에 성적 때문에 고민하는 학생이 있다면 다음과 같은 말을 머리에 새기기를 바란다.

지금의 성적보다 본인은 '자신에게 떳떳하고 후회 없는 공부를 하였는지, 설사 누가 물어보더라도 나는 최선을 다했다고 자부를 할 수 있는지'에 대해서 말이다.

그런 학생이라면 지금 당장의 결과가 만족스럽지 않더라도 결국은 성공할 수밖에 없을 것이다.

1년 만에 중국
대학 진학이 불가능?
- 마음먹기에 따라 할 수 있다!

예전에 서울 강남 부근에서 중국 조기유학 관련 설명회 강사로 초빙된 적이 있는데 설명회를 마친 후, 그날 학부모와 한 학생이 상담을 요청해 왔다.

그 여학생의 상황은 이러했다.

현재 고 3 학생이고 중국유학이 결정된 다음부터는 학교를 자퇴한 후 가까운 학원에서 중국어 기초과정을 배우고 있다고 했다. 다만, 다른 유학원이나 학교사무소에 찾아가 상담을 해 보면 너나 할 것 없이 대학에 가고 싶으면 고 3이 아닌 고 2로 입학하기를 종용하였다. 중국어 기초도 부족한 상태에서 고 3으로 가봤자, 재수를 하거나 좋은 대학은 가기는 힘들다는 이유였다. 학생에게 다른 과목인 영어와 수학 점수를 물어보자 중상위권 정도의 실력이었다.

그때 필자는 학생에게 이렇게 질문하였다.

"만일 내가 북경대, 청화대까지는 힘들어도 1년 만에 인민대학에 합격시켜주겠다면, 믿고 따라와 주겠느냐? 그리고 내가 하자고 하는 건 다 따라올 수 있느냐?"

덧붙여 '머리 좋은 학생보다는 꾀부리지 않고 꾸준히 하는 학생이 결국 성공한다' 는 진리도 얘기했다.

결국은 부모님과 학생의 동의 하에 고 2가 아닌 원래 학년인 고 3으로 7월에 중국으로 왔다. 그 후, 7월 중순부터 5주간 필자가 직접 운영하는 방학 특강을 실시하였다.

중국어 수준이 아무래도 문제였다. 국내에서는 회화 이상의 수준에 도달하기에는 힘들기 때문인데, 중국 대학입학에는 또 교과서 중심의 중국어가 필요했다. 그래서 가장 부족한 중국어를 높이기 위해 중국유학을 처음 왔을 때 배우는 읽기, 듣기, 말하기, 쓰기 등의 기초교육을 중심으로 철저히 하였다. 선생님 세 분이 1:1로 붙잡고 싸웠다.

말이 기초교육이지 다른 사람이 한 학기에 할 공부 내용을 5주만에 완벽하게 끝낸다는 것은 아무리 머리가 좋은 학생이더라도 불가능에 가까웠다.

그러나 그 여학생은 5주 만에 해냈다. 매일같이 내주는 숙제를 빠짐없이 했고, 다른 학생들은 아침 8시에 일어나 수업준비를 하고 보통 새벽 12시에서 1시 정도면 자는데, 그 여학생은 필자와의 약속을 지키기 위해 거의 매일 새벽 2~3시에 자고, 아침 6시에 기상해서 공부하였다.

결국 5주 만에 완벽하다고까지는 못하겠지만, 다른 학생이 한 학기 동안 공부할 내용을 뛰어넘어 중급과정 중간 수준까지 해내었다. 그 여학생이 머리가 엄청나게 뛰어났던 학생도 아니었고, 한국에서 공부에 크게 두각을 나타냈던 학생도 아니었다. 그러나 그 여학생은 남들과는 다른 목표의식과 끈기가 있었다. 한번 부모님께 멋진 모습을 보여주자는 필자의 말을 마음속 깊이 새기고, 그렇게 힘들었음에도 불평 한마디 없이 그 힘들었던 5주간의 교육을 끝냈다. 지금 생각해봐도 너무나 대견한 학생이었다.

그 다음은 북경에 있는, 학생에게 가장 적합하다고 판단되는 입시학원에 보냈다. 거기서 스파르타식으로 아침부터 늦은 밤까지 공부에 매진하였다. 다른 학생들은 대부분 조기유학 2~3년차 학생들이었지만, 이 여학생은 고작 중국에 온지 두 달도 안 된 학생이었다.

처음에 반에서 설명 자체를 알아듣지 못해 크게 실망도 했지만, 결국엔 끈기로 성공을 거두게 되었다. 그 후 4개월이 지나지 않아 그 입시반에서 장학금까지 받게 되었고, 많은 선생님들이 칭찬을 아끼지 않았다.

4개월이 되었을 때 학원 근처에서 점심을 같이 먹으면서 그 학생을 찬찬히 살펴보니 모습이 꼭 고시원 학생 못지않은 모습이었다. 다른 학원생들은 머리부터 발끝까지 치장하는 데에 시간을 투자하고 노력했다면, 이 여학생은 오직 자신의 목표에만 충실했다. 그 결과 그 여학생은 인민대학에 당당히 합격을 하였다. 아마도 중국에 1년만 더 빨리 왔었더라면 북경대학이나 청화대학도 무난히 합격 가능했을 것이다.

지금까지 필자가 상담을 하고 관리를 한 수많은 학생들 중에서도 그 여학생을 생각해 보면 다른 학생과 다른 두 가지가 있었다.
하나는 학생을 믿어주는 부모님을 생각하고, 이번이 아니면 죽는다는 각오로 최선을 다해 준다면 반드시 중국 명문대학에 입학을 시켜주겠다는 필자의 말에 끝까지 믿고 따라주었다는 것이고, 다른 하나는 중국유학 기간 9개월 동안 거의 하루도 빠짐없이 약속을 지켰다는 것이다. 남들보다 훨씬 적게 자고, 숙제는 빠짐없이 하고, 남들 놀 때 모자라는 공부와 씨름하였다. 항상 남보다 중국에 늦게 왔다는 초조함을 꾸준한 노력으로 커버하였다.

지금도 중국유학 중에 있는 학생 가운데 늦었다고 생각하는 학생이 있다면 이 학생의 상황을 생각해 보기 바란다. 중국유학은 절대 머리 좋은 사람이 성공하는 것이 아니라, 자기와의 약속을 지키면서 포기하지 않고 꾸준히 지켜나가는 사람이 성공하는 것이다.

지금도 그 여학생은 대학에서 열심히 자신의 목표를 향해 달려가고 있다.

중국유학의 시작
− 첫 학기에 승부를 걸어라!

한 학생이 중국유학길에 올랐다. 중국에 간지 2개월이 지나 학생의 엄마가 전화를 했다.

"잘 지내니? 힘들지는 않고?"

만일 이 질문에 학생이,

"예, 엄마. 너무 잘 지내고 있어요. 공부도 재미있고, 주변에 재미있는 것도 너무 많고, 선생님들도 친구들도 다 좋고, 중국유학 오길 너무 잘한 거 같아요!"라고 얘기했다면……

그 자녀의 중국유학의 처음 시작은 감히 실패했다고 말하고 싶다.

필자가 아는 중국유학의 처음은 중국유학 생활 중 가장 괴롭고 힘든 시기이다.

중국이라는 새로운 환경과 외로움 속에서 이제까지 전혀 몰랐던 중국어라는 언어를 가장 빠른 시간 내에 알아가야 하는 시기이기 때문이다. 그러기 위해서는 쉴틈 없는 공부와 자습, 매일 같은 반복적인 학습이 이루어져야 한다. 한국에서 열심히 공부하던 학생일지라도 그 이상의 노력이 필요한 시기인 것이다.

필자가 관리했던 학생들 중에서도 공부하는 학생들의 유학 첫 학기에 대해 말하는 내용을 들어보면 거의 같다.

"너무 힘들어요. 이렇게 힘든 줄 알았으면 중국유학 안 왔을 거예요. 이 정도까지 공부한 적은 난생 처음이에요……."

학생들은 때때로 한 달도 안 지나서 부모님에게 전화하여 울기까지 한다.

그 나이 때에 공부를 좋아서 하는 학생은 없기 때문이다. 그러나 다행히 학생들의 적응능력은 생각 이상으로 빠르기 때문에 첫 학기가 끝나기 전에 이미 매일 같은 학습에 대한 적응을 끝내고, 웃으면서 공부할 수 있는 시간이 된다. 그렇게 1년 정도의 시간이 흐르면 유학의 첫 학기를 힘들게 보낸 것이 지금에 있어서 얼마나 큰 도움이 되는지에 대하여 학생 본인 스스로가 알게 된다. 그때가 되어 매일 같은 반복적인 학습이 습관화가 되면 주말에 자유롭게 놀 때조차도 본인 스스로 "뭔가 죄짓는 것 같다"라는 말을 하게 된다. 그때에는 학습에 대하여 별도로 지적해 주지 않아도 본인 스스로가 찾아서 공부를 하게 되는 것이다. 물론 이 부분이 모든 학생에게 맞지는 않을 것이다. 학생의 성격에 따라 어느 정도까지의 학습방법이 맞을 지는 살펴보아야 한다.

현재 많은 유학경험자들이나 유학원들, 학부모들이 범하는 오류가 하나 있는데 지금도 많은 학교들은 학부모에게 이렇게 말한다.

"첫 학기에 유학을 처음 온 학생이 얼마나 힘든지 아세요? 첫 학기는 '유학은 이런 것이다' 라고 맛만 보고 적응만 잘하는 것이 가장 중요하고, 그 이후에 적응기간이 끝나면 그때부터 공부를 시작해도 늦지 않아요."

과연 이 말이 옳은 것일까? 만일 공부할 의지가 없는 학생, 본인의 의지가 아닌 부모의 의지로 유학을 온 학생에게는 이 말이 맞는 말인지도 모른다. 그러나 요즘 중국유학 추세가 공부하려는 학생들이 많이 가고 있는 시기인 것을 고려하면, 그건 아니다. 설사 본인의 의지가 아닌 유학일지라도 첫 학기의 중요성을 아는 필자에게 있어서는 더욱 그렇다.

만약에 어떤 학생이 중국유학을 처음 갔다고 하면 이 학생이 본 중국유학의 모든 환경은 중국유학의 정답이 된다. 즉, 첫 유학에 간 학교의 학습 환경이 모두 다 정확한 시간표에 의하여 열심히 공부하는 환경이라면 이 학생의 머릿속에는 '원래 중국유학이 이렇구나' 하며 그 분위기에 자연적으로 녹아들어 열심히 하게 되는 것이다.

그러나 처음 중국유학을 갔을 때 학교에서의 학습시간이 느슨하고, 주변 한국 친구들마저 학습 노력이 낮은데다가 주말에 한국 친구들끼리 놀러 다니는 모습이라면, 이 학생의 생각은 '중국유학은 원래 이렇다' 는 인식이 박히게 되어 본인 또한 동화되게 된다. 그럴 경우 훗날 다시금 공부에 목표를 둔다고 하더라도 그 느슨한 학습 습관이 바뀌기는 쉽지 않다.

다시 말하면, 중국유학에 있어서의 첫 학기는 중국유학을 적응하는 시기가 아니라 조기유학 성공의 승패를 좌우하는 시기인 것이다.

지금도 중국유학을 계획하고 있는 학생들에게 당부하고 싶다. 첫 학기의 소중함을 알고, 각오를 단단히 하기 바란다. 첫 학기가 중국유학 성공의 절반이라는 생각으로 나중에라도 본인이 조금이라도 나태해지고 있다고 생각한다면, 다시금 마음을 고쳐먹기 바란다.

본인이 간 학교에서의 나태한 한국 유학생들이 있다면, 원래 중국유학이 그러한 모습이라는 생각보다는 중국유학시 품었던 원래의 꿈과 목표를 되뇌며 나는 절대 그러지 말아야 한다는 생각을 먼저 하기 바란다. 첫 학기에 보여지는 학습 환경에 대하여 본인 스스로의 올바른 판단과 학습 습관을 갖는 것이 무엇보다 중요하다. 이것은 유학을 마치는 순간까지 쉽게 변하지 않는다.

처음은 힘들어도 나중에 쉬운 길을 선택할 것인지, 처음에는 조금 쉽더라도 나중에 몇 배의 고생을 감당해야 할지는 본인 스스로가 판단할 몫이다.

입학 전 한
학기를 벌 수 있다

처음 중국유학을 가면 모든 학교의 기초교육은 거의 같다. 교과서도 대부분 한 교과서로 교육을 한다. 중국어의 읽기, 듣기, 말하기, 쓰기의 기초교육은 어쩌면 앞으로의 중국어 학습에 있어서 제일 쉬운 내용이기도 하다. 그렇기 때문에 다른 시기는 몰라도 중국유학 처음 들어가는 시기의 방학 중에는 한 학기를 벌 수 있는 시기가 된다.

앞에서 한 여학생이 목표를 가지고 임했을 때 5주 만에 한 학기 분량을 넘어서는 학습방법을 말한 적이 있다. 특별히 머리가 뛰어나지 않더라도 가능하다는 말이다.

필자가 현지 운영하는 방학 특강을 예로 들어보기로 하겠다.

※ 방학간 특강내용

- 특강 전 학습시간표를 학생과 학부모에게 미리 발송
- 4주 내지 5주간 현지에서 1:1 개인과외
- 3과목을 위한 3명의 조선족 선생님
- 매시간 숙제검사, 쪽지시험, 한 주간 주말 테스트
- 매 과외시간 학습태도와 생활태도 체크
- 매주 1회 학생 개별상담
- 위의 모든 내용들을 정리하여 평가서를 매주간 학부모에게 발송

짧은 시간 최대한의 효과를 보자면 그룹과외보다는 1:1 개인과외가 훨씬 좋다. 본인의 노력여하에 따라 최대한의 진도를 나갈 수 있기 때문이다. 중국어의 읽기, 듣기, 말하기, 쓰기의 기초교육은 3과목으로 이루어지기에 3명의 과외선생님을 필요로 한다는 사실을 명심하고, 유학 초기에 많은 설명이 필요한 점을 감안하여 조선족 선생님으로 구해야 한다. 또한 처음 본인 스스로의 노력이 부족할 수 있으므로 매일 많은 양의 숙제가 필요하다. 거기에 매 수업시간마다 숙제검사를 하고, 지난번 배운 수업내용에 대해 간단히 10문항 정도의 쪽지시험을 본다. 주말에는 한 주간 배운 교과목에 대한 테스트도 꼭 필요하다. 여기에 수업태도와 생활태도를 체크하여 매주 학부모에게 관련 내용을 발송한다. 이 평가서는 학생에게 유학 초기의 자신의 모습이기에 큰 자극이 된다.

다음은 필자가 운영하는 방학 특강의 시간표이다.

※ 학습시간표 내용

〈평일〉

- 오전 8시 : 기상. 세면 및 식사
- 오전 9시 : 복습 및 다음시간 예습
- 오전 10시 ~ 12시 : 1과목 수업, 중간 10분 휴식
- 오후 12시 ~ 1시 : 식사 및 휴식
- 오후 1시 ~ 3시 : 2과목 수업, 중간 10분 휴식
- 오후 3시 ~ 3시 30분 : 간식 및 휴식
- 오후 3시 30분 ~ 5시 30분 : 3과목 수업, 중간 10분 휴식
- 오후 5시 30분 ~ 7시 : 저녁식사 및 휴식
- 오후 7시 ~ 9시 : 1차 자습
- 오후 9시 ~ 9시 30분 : 간식 및 휴식
- 오후 9시 30분 ~ 12시 자정 : 2차 자습

〈주말, 토요일〉

- 오전 9시 : 기상. 세면 및 휴식
- 오전 10시 ~ 12시 : 주말 테스트 준비
- 오후 12시 ~ 1시 : 점심식사 및 휴식
- 오후 1시 ~ 3시 : 주말 테스트(3과목)
- 오후 3시 ~ 4시 : 회화교육
- 오후 4시 ~ 6시 : 운동 및 휴식
- 오후 6시 ~ 7시 : 저녁식사 및 휴식
- 오후 7시 ~ 9시 : 1차 자습
- 오후 9시 ~ 9시 30분 : 간식 및 휴식
- 오후 9시 30분 ~ 12시 자정 : 2차 자습

〈주말, 일요일〉

- 오전 9시 : 기상. 세면 및 휴식
- 오전 10시 ~ 12시 : 종교 활동 및 휴식
- 오후 12시 ~ 1시 : 점심식사 및 휴식
- 오후 1시 ~ 4시 : 문화탐방
- 오후 4시 ~ 6시 : 1차 자습
- 오후 6시 ~ 7시 : 저녁식사 및 휴식
- 오후 7시 ~ 9시 : 1차 자습
- 오후 9시 ~ 9시 30분 : 간식 및 휴식
- 오후 9시 30분 ~ 12시 자정 : 2차 자습

앞의 시간표를 보면 많은 분들이 저런 스파르타식 수업이 가능한 것인지 의문이 들 것이다. 다른 학교의 방학 특강의 경우, 대부분 아침 9시 내지 10시부터 오후 2시면 모든 일정이 끝나고, 주말에는 특별한 학업프로그램이 아예 없기도 하다. 방학 때에는 충분히 쉬어야 개학하고 더 열심히 공부한다는 이유에서다.

그러나 필자가 관리하는 학생들의 방학은 지금까지 저렇게 해왔고, 지금까지 모든 학생들이 잘 지켜왔다. 당연히 학습효과 또한 컸다.

두 시간 과외를 했다면 같은 시간 내지 그 이상의 시간 동안 복습을 해야만 한다. 그렇지 않으면 절대로 내 것으로 만들지 못한다. 그렇기 때문에 자습시간이 정말 중요한데, 자습시간의 경우 학생에게 스스로 알아서 하라고만 한다면 절대로 효과적인 자습이 되지 못한다. 여기에서는 과외시간에 얼마만큼의 숙제를 내주느냐가 관건이 된다. 4주 ~ 5주 만에 다음 한 학기 배울 분량의 과목을 끝낸다면 당연히 하루하루 배우는 양이 엄청나게 많기 때문에 미리 복습과 예습이 되지 않으면 불가능하게 된다. 그러기에 필자 또한 선생님들에게 가급적이면 자습시간 내내 공부할 수 있는 많은 양의 숙제를 내달라고 특별히 요구한다.

또한 자습 관리하는 선생님의 역할이 정말로 중요하다. 방학 특강 때 2주차 정도가 되면 학생들의 학습 집중력이 떨어지게 된다. 이때 소위 말하는 '당근과 채찍'이 필요한 시기인 것이다. 학생들이 포기하지 않고 끝까지 집중해서 최선을 다하도록 계속적인 자극과 위로, 상담이 수반되어야 한다.

어떤 분은 무조건 진도만 나가는 방법의 특강이 무슨 효과가 있느냐고 말한다. 그러나 유학 초기라면 분명 가능하다. 유학 첫 학기의 교과목은 중국어의 첫 걸음, 말 그대로 가장 쉬운 단계이기 때문이다. 방학기간 중 이 정도 양의 공부를 마친 학생이라면 학기 중 학교에서 받는 수업에 대한 부담이 훨씬 경감된다. 어쩌면 방학 때 남들 놀 때 힘들게 공부한 결과로 학기 중에 마음 편하게 공부할 수 있는 것이다.

유학 시기가 늦은 학생이라고 한다면 첫 학기 바로 이전의 방학은 정말로 중요하다. 이런 특강을 제대로 마친 학생은 중국 학교에서 첫 학기라고 해도 기초반이 아닌 한어고급반 내지는 국제학력반에 입학할 수 있게 된다. 말 그대로 한 학기를 벌게 되는 셈이다.

중국유학 2년차 이상이면
중국어의 수준을 더욱 높여라(1)
- 주요과목 외의 기타과목들

중국유학 2년차 이상 되는 학생들 중에서 중국인반에서도 중간 이상의 성적을 거두고 있고, 평균 이상의 회화 또한 가능하다면 그때부터는 더 고급 수준의 중국어를 공부하기 바란다.

일단, 위와 같은 수준의 학생이라면 중국어 과외보다는 영어, 수학과 함께 다른 기타 과목의 과외를 하는 편이 낫다.

중국어 과목에 있어서 처음에는 도움을 받는 것에 익숙하다가 혼자하려면 몇 배의 노력이 필요하지만, 그 학생의 앞으로의 중국어 실력은 과외를 받는 학생에 비할 바가 아니다. 말 그대로 유학을 가서도 스스로 공부하는 모습을 갖게 되는 것이다. 힘들더라도 그 이상의 중국어는 독학할 수 있으므로, 중국어와 영어, 수학 외에 물리나 화학, 역사 같은 다른 주요과목에도 욕심을 내야 한다. 다른 과목까지 마스터해야 한다는 것은 그만큼 더 많은 시간투자가 필요하므로 잠도 줄여야 하고, 배 이상의 노력을 해야 한다.

하지만 이 시기의 힘든 순간들은 학교생활을 더 흥미있게 만들 수 있을 뿐만 아니라, 선생님과 중국 친구들에게도 인정을 받을 수 있는 계기가 될 수 있다. 더 나아가서는 그 노력의 결과가 대학에 가서 꽃을 피우게 된다. 한국에서 입시 위주의 공부를 하다가 온 대부분의 한국 유학생들이 중국의 일류대학을 가게 되면, 실력이 뛰어난 중국 학생들과의 경쟁이나 수업시간에 교수님의 강의 내용을 이해함에 있어 적지 않은 스트레스를 받아야 한다. 중·고등학교 때부터 중국 학생들과 동등하게 공부를 하는 것은 대학생활뿐만 아니라 그 이후에도 큰 자산이 될 수 있다.

대부분의 유학생들이 중국어와 영어, 수학의 주요과목만 공부하다가 입시 때 학과 기준에 맞추어 기타 몇 과목을 공부하고 대학에 가는 형태를 볼 때, 중·고등학교 때부터 일반 중국 학생들과 주요과목 외의 여러 과목에 걸쳐 동등하게 수업을 받는 것은 유학생으로서 당연한 학업과정이다. 그러나 많은 한국 유학생들은 중국어, 영어, 수학 등 주요과목에만 국한되고 있는 실정이다.

학교에서 주요과목 외에 기타 여러 과목들을 중국 학생들과 동등하게 경쟁하는 것, 어쩌면 중국유학에 있어서 유학생이 꼭 가져야 할 가장 올바른 모습일 것이다.

중국유학 2년차 이상이면
중국어의 수준을 더욱 높여라(2)
- 논술과 신문, 방송 그리고 중국 문화

예전에 상담했던 학생 중에 중국에 온지 2년이 지난 학생이 있었는데, 중국어 회화실력도 좋고 어느 정도 중국어에 자신이 있는 학생이었다. 이런저런 얘기를 하다가 지나가는 말로 현재 중국의 국가 주석이 누구인지를 물어보았다. 놀랍게도 그 학생은 답변을 못하였다. 그 외에도 중국의 역사나 문화, 중국 경제문제 등을 얘기해 보았지만, 모르는 것이 대부분이었고, 자신의 생각을 표현함에 있어서 자신감이 많이 결여되어 있었다.

이것은 뭔가 문제가 있다. 중국유학 초기도 아니고, 어느 정도 기간이 흘러 중국어에 자신감이 붙었는데도 중국어와 영어, 수학 외의 다른 어떠한 것도 알지도 못하고, 스스로 알고자 하는 마음도 없는 것이라면 중국유학의 일반수준을 뛰어 넘지는 못할 것이다.

　중국 학교에서 중, 영, 수의 주요과목 외에 다른 과목들을 중국인 학생들과 동등하게 수업을 받는 것에 익숙해져 가고 있다면, 주말과 방학을 이용하여 아래와 같은 공부를 할 필요가 있다. 아래에 자세히 기술하였으니 해당 분야의 공부와 그 필요성에 대해 충분히 숙지하기 바란다.

　1. 논술 훈련

　아무래도 유학시기에 암기 위주의 공부를 하다 보니 자신의 생각을 표현하는 것이 쉽지 않다. 중국어가 아무리 유창하다 할지라도 머릿속에서 일단 말하고자 하는 바를 정확하게 나타내지 못한다면, 말 그대로 회화만 하는 중국어이지 자신의 생각을 논리정연하게 전달하는 수준의 중국어가 아닌 것이다.

　매년 중국 일류대학의 입시에서 1차 필기시험이 끝나면 2차 면접시험을 보게 되는데, 이때 교수님과의 질의응답이나 학생들끼리의 자율토론이 주어지게 된다. 매년 필기시험의 결과가 우수했음에도 면접에서 많은 학생들이 탈락하는 것을 보면, 능수능란한 중국어 회화도 물론 중요하지만, 자신의 생각을 정확하고 논리 있게 표현하는 훈련 또한 필수요건이다. 이 논술 훈련은 학교수업 외에 별도의 훈련과정을 필요로 한다.

필자가 생각하는 논술 훈련과정은 다음과 같다.

첫째, 주제에 대한 생각을 적는 훈련을 한다. 처음에는 알기 쉽게 한국어부터 시작하는 것이 좋다. 어느 한 주제를 놓고 자신의 생각을 한국어로 서론, 본론, 결론으로 핵심을 갖추는 한편, 정확히 내세울 수 있는 이유와 근거의 바탕위에 자신의 생각을 표현하는 것이다. 이것은 반드시 말로 설명할 필요는 없으나, 일단 완벽히 쓰는 훈련이 필요하다. 또한 쓴 글에 대해 이해할 수만 있다면, 한국인 선생님이 이 글에 대해 평가를 해주는 것이 바람직하다.

둘째, 이것이 익숙해졌다면 그 이후에 자신이 생각한 바를 중국어로 옮기는 훈련을 한다. 먼저 한국어로 정리한 글을 중국어로 바르게 옮겨 적는 훈련인데, 이때에는 중국인 또는 조선족 선생님이 필요하다. 중국어로서 틀린 말은 아니지만, 중국어 중에도 중국인들이 잘 쓰는 표현과 잘 안 쓰는 표현들이 있기 때문이다. 상황에 맞는 효과적인 중국어 단어를 사용하는 것은 그만큼 자신의 높은 수준의 중국어 실력을 보여주는 것이다. 그러기에 중국인 또는 조선족 선생님을 통하여 자신이 말하고자 하는 것이 중국어로 정확하게 표현되고 있는지 평가를 받아야 한다.

셋째, 이제는 자신의 생각을 쓰지 않고 중국어로 직접 말하는 훈련을 해야 한다. 발음 하나하나에 신중하고, 자신의 생각을 순간순간 정리하는 훈련을 하는 것이다. 이때 중국인 또는 조선족 선생님이 꼭 함께해야 한다.

앞의 논술 훈련 중에서 주제는 다른 것보다 현재 중국이 갖고 있는 문제나 정책 목표, 사회적 이슈가 되는 것을 고른다면 더 효과적인 논술 훈련이 될 것이다.

2. 중국 신문과 중국 방송을 함께

중국의 현재 모습을 알고자 할 때, 중국 신문과 중국 방송은 가장 접근하기 용이한 학습방법 중의 하나이다. 평일에는 학교 공부에 시간을 많이 할애하기 때문에 다른 부수적인 것들을 하기란 어렵지만, 주말만큼은 틈틈이 짬을 내어 해보기 바란다. 현재 중국 신문과 방송을 보는 중·고등학교시절의 유학생은 거의 없지만, 현재의 중국 모습을 알기에는 이 방법이 가장 현실적이다.

또한 현재 중국에서 이슈가 되는 것은 무엇인지, 이것에 대한 현지인의 반응과 방송을 통하여 회화수준도 끌어올리기 바란다. 특히, 중국어는 표현방식이 매우 다양하기 때문에 그 표현들을 잘 익혔으면 좋겠다.

3. 중국 문화탐방

중국유학 2년 정도가 지난 학생으로서 중국인반에서 중간 정도의 성적을 거둘 정도의 학생이고 혼자서 공부할 수 있는 수준이 되었다면, 그때 한 달에 한 번 내지 방학기간을 통하여 중국 문화를 직접 체험하는 기회를 갖기 바란다. 그때 꼭 한국인 친구들끼리 가는 것이 아니라, 중국인 또는 조선족 선생님을 인솔자로 해서 함께 가서 문화의 배경과 역사까지 하나하나 살펴야 한다. 방문 전 미리 인터넷으로 그곳에 대한 정보를 찾아보고 가는 것이 바람직하다.

방문 장소 또한 잘 알려진 관광 장소도 좋지만, 그 외에 관광객들이 잘 가지 않는 민속촌이나 과학관 등 현지인들이 많이 가는 곳으로 가야 한다.

이밖에 중국어 수준을 한 단계 높일 수 있는 방법은 필자가 제시한 세 가지 비법 외에도 더 많이 있을 것이다. 다만, 이 부분도 현재 자신의 수준에 맞게 학교 공부에 지장을 받지 않는 범위 내에서 이루어져야 한다는 것을 명심하자.

중국어는 하고자 한다면 끝이 없는 길이다. 몇 년 동안 있으면서 한 나라의 언어와 문화를 안다는 것은 욕심일 수 있다. 그러나 뜻이 있는 유학생이라면 이 욕심을 꼭 한 번 내봤으면 좋겠다.

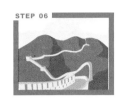

중국유학시절 방학은
죽을 각오로 공부하는 시간이다

방학 때가 되면 많은 한국 유학생들이 한국으로 돌아온다. 많은 유학생들이 한 달 전부터 이날만 학수고대하고, 매일같이 한국에 돌아가면 어떻게 할지 계획을 짜고 있는 것이다. 부모님도 보고 싶고, 못 만났던 친구들도 봐야 하고, 한 학기 동안 공부했으니 방학기간만이라도 쉬고 싶은 심정은 충분히 이해한다.

그렇다면 이 유학생들이 방학 때 한국에 돌아와서의 생활패턴은 어떨까?

첫 날에는 공항에서 부모님, 가족과 반갑게 재회하고, 그날 밤 맛있는 식사도 하고, 친구들과 약속 잡았던 것 확인하고, 저녁 동안 유학생활에 대한 얘기를 하다가 컴퓨터 인터넷을 밤늦게까지 할 것이다.

그 이후의 생활은 말을 안 해도 잘 알 것이다. 아침에 늦게 일어나서, 친구들과 어울리거나 쇼핑하고, 하루 종일 놀다가 밤늦게까지 인터넷을 한다. 아침부터 밤까지 게임만 하는 경우도 허다하다. 오히려 한국 친구들이 과외며 학원으로 바쁠 때가 많으므로 평일에는 혼자 놀기에 급급하다. 이 모습을 바라보는 부모님의 마음은 처음에는 반가움으로 시작하다가도 그 모습이 1주, 2주 지나면, 나중에는 "너 중국 언제 들어가니?" 하며 묻게 되는 것이다. 그 이후부터 학부모의 마음은 방학이 다가오면 반가움과 함께 고민이 찾아오게 된다.

부모님이 엄한 학생의 경우에는 학원을 다니거나 약간의 과외를 받는 학생도 있지만, 그 효과는 극히 미미하다고 할 수 있다.

이러한 방학생활을 했다고 하면, 개학 후 학교생활은 어떻게 될까?

첫날에는 친구들과 반갑게 재회하고, 한국에서 있었던 일들을 얘기할 것이다. 다음날부터는 아침 늦게 일어나는 습관이 방학 내내 이어져왔으므로 늦게 일어나기 일쑤이며, 수업시간에 조는 횟수도 늘 것이다. 학교생활에 제대로 적응하기에는 적어도 1~2주가 걸리게 된다. 공부도 마찬가지다. 지난 학기에 열심히 공부를 한 학생이라면 아마도 방학기간이면 많은 부분을 잊게 될 것이다. 공부한 양이 많았다면 잊어버리는 속도도 빠른 것이다.

앞과 같은 방학생활이었다면 다시금 개학하여 학업을 따라가기에 많은 시간을 허비하게 될 것이다.

그렇다면, 한국에 오지 않고 무작정 중국에 남는 것이 좋은가?
확실한 학습계획이 없다면 중국에 남아있는 것 또한 좋지 않다.
부모의 간섭 없는 주말활동이 매일매일 이루어진다고 생각해 보
면, 그 또한 한국에 오는 것과 별반 다르지 않을 것이다.

외국에서 공부를 한다는 것은 분명히 힘든 시간이며, 그 나이
에 자유시간이 주어질 때 공부를 하겠다는 학생들은 분명 많지 않
다. 하지만 학부모들은 학생들의 방학을 단순히 잠깐 휴식을 취하
기 위한 시간으로 생각하지 말고, 다음 학기의 연장선이라 생각하
여 헛되이 보내지 않도록 최대한 신경을 써야 할 것이다. 경우에
따라서는 방학 동안 공부한 것이 다음 학기를 좌우할 수도 있기
때문이다. 본인의 의사를 존중하되 불가피하게 한국에 올 경우,
기간은 5일에서 일주일 정도가 적당하다. 2주 이상은 넘지 않도
록 하는 것이 좋다. 오히려 한국에서의 기간이 짧을수록 학생은
더 알차게 보내게 된다. 한국에 오는 것도 학기 동안 그리고 방학
내내 열심히 공부하는 학생을 오게 해야 한다.

방학기간 중국에 남아 공부를 할 경우 학교에서의 방학 특강은
미진한 곳이 많다. 본인 스스로가 수업 후 개인과외를 해서라도
좀 더 세부적인 학습계획을 세워야 한다.

홈스테이를 하더라도 마찬가지다. 학교에 가지 않는다고 해서

늦잠자고 시간을 자유롭게 하기보다는, 오히려 학교 다닐 때보다 더 세밀하게 계획을 세워야 한다.

좀 더 구체적으로 조언을 한다면 방학기간 동안 다음 학기 배울 교과서를 미리 구입하여 최소한 어문(중국어), 영어, 수학만이라도 예습해야 한다(다음 학기의 중국 교과서는 출판사만 알면 얼마든지 중국의 대형서점에서 구입할 수 있다). 어문(중국어)의 경우 최소 한 학기 배울 내용의 단어를 모두 암기하고, 읽고, 해석이 가능해야 한다. 영어의 경우 중국 교과서는 문법 중심이므로 교과서 위주의 기초 문법을 완성하고, 마찬가지로 미리 교과서에 나오는 단어, 숙어들을 모두 암기하고 해석이 가능해야 한다. 수학의 경우 기초가 무너지면 걷잡을 수 없이 성적이 떨어져 간혹 수학을 포기해버리는 경우를 볼 수 있는데, 그럴 경우 입학할 수 있는 대학과 학과까지도 많이 줄어들게 된다는 사실을 알았으면 한다. 즉, 수학을 안 보는 학교로의 지원을 하기 위해서 학과의 선택마저 바뀔 수 있다는 말이다. 그렇기에 수학 또한 방학 동안에 교과서 중심으로 미리 공부해 나가야 한다.

힘들더라도 방학기간 중에 짜임새 있게 시간표를 작성해서 주요과목을 마스터한 학생들만이 다음 학기의 수업 전반에 대해서 골고루 우수한 성적을 거둘 수 있을 것이다.

필자가 관리하는 학생들 또한 이와 같이 방학기간에 다음 학기 배울 주요과목들을 중심으로 특강을 하고 있다. 한 학기 배울 내용을 한 달여 만에 끝내다보니 많이 힘들어한다. 그러나 개학을 하게 되면 이 모든 것에 대한 보상을 받게 된다. 수업시간에 자신이 있을 뿐만 아니라, 남는 시간에 더 많은 양의 공부를 할 수 있는 것이다.

유학생에게 있어서 방학기간은 쉬는 기간이 아니라 한 학기 동안의 미진한 부분의 복습과 함께 다음 학기의 주요과목의 준비가 필요한 시기라는 것을 명심하기 바란다.

중국 친구가 없다?
그럼 만들어라!

필자가 생각하는 성공적인 중국유학은 모든 생각과 언어에 있어서 중국인과 완전히 동화될 수 있어야 한다. 즉, 중국 사람과 함께 생활하고, 대화하고, 같은 음식습관을 갖고, 중국 사람의 생각들을 함께 나누고, 놀이문화나 영화, 음악 등의 예술문화에 걸쳐 모든 문화를 체험하고 익숙해질 수 있을 정도의 실력인 것이다. 단순히 어학을 잘한다고 해서 중국을 다 알고 있다고 말한다면 이것 역시 우물 안에 비춰진 하늘을 보면서 하늘을 다 봤다고 하는 것과 같다.

현재 80% 이상의 중국 조기유학생들은 이러한 문화를 중국인들과 함께 체험하는 것이 아니라 다시금 중국 안에서의 한국 문화를 답습하고 있는 모습을 본다. 학교에서는 한국 친구들과 공부하고, 주말에는 한국 친구들과 어울려 다니고, 즐겨 찾는 식당은 한국 식당의 체인점만 가고, 버스나 지하철 같은 대중교통보다는 편안한 택시를 이용하고, 노래방을 가도 한국 노래만 부르는 모습이 아직 많이 보이는 것이다.

그 나라의 문화를 가장 빨리 배우는 방법은 그 나라 사람과 함께 가능한 한 많은 시간을 보내는 것이다. 그러나 지금의 중국 학교 시스템에서는 몇 개의 학교를 제외하고는 교내 제도적으로 중국 학생과 한국 학생과의 교류를 맺어주지 않고 있다.

유학생 시기에 중국어 회화실력을 높이고, 다양한 중국 문화를 접하기 위해서는 많은 중국 학생들과 교제가 있어야 한다. 그러기 위해서는 중국인반(차반)에 하루라도 빨리 들어가야만 하는데, 중국인반에 들어갔다 할지라도 중국 학생들과 교제하기는 쉽지 않다. 앞서 설명한 바와 같이 같은 반의 학생일지라도 부족한 언어의 벽과 함께 분명 문화의 차이도 있기 때문이다.

처음에는 전화번호도 교환하고 매일 인사는 나누지만, 그 이상의 대화를 지속하기가 쉽지가 않다. 다소 중국어 실력이 부족하더라도 중국 학생들과의 많은 교류를 갖기 위해서는 방과 후 또는 주말을 이용해야 하는데, 중국 학생들 또한 방과 후 자습 이후 바로 집으로 귀가하고, 주말에도 가족과 함께 외출을 하거나 주로 가정에서 생활하는 경우가 많기 때문에 방법을 찾기가 그리 쉽지가 않다.

그렇다면 중국유학 초기에 부족한 중국어 실력으로 중국 친구를 사귀는 방법은 무엇이 좋을까?

필자가 생각하는 현실적인 가장 좋은 대안은 동년배의 중·고등학생이 아닌 조선족 중국 대학생을 만나는 것이라 생각한다. 유학 초기에 부족한 언어를 가지고도 여러 중국 문화를 익히고, 회화의 수준을 높이기에는 한국말과 중국어가 가능한 조선족 대학생이 큰 도움이 된다.

주말에 과외를 하는 중국어 시간을 때때로 과외선생님과 함께 하는 외출로 돌리게 된다면, 한국인이 잘 모르는 또 다른 중국 문화의 모습과 음식을 접할 수 있으며, 회화 또한 그때마다 상황에 맞추어 교정을 받을 수 있다. 책으로 공부하는 회화보다 현실에서 접하는 회화가 더 효용성이 크다는 것이다. 이처럼 좋은 대학선배들과 교제를 할 수 있으면, 과외가 끝났다 할지라도 지속적인 전화 통화로 교제가 가능하다. 또한 현재 중국 대학생들의 생각과 시선도 알 수가 있다.

그렇게 1년 정도가 지나고 중국인반에 가면 보다 과감히 중국 친구들과 교제를 나눌 수 있을 것이다. 일반 한국 유학생들이 모르는 것을 많이 알고 있기에 중국 학생들도 호기심 있게 다가와 준다.

또한 본인의 마음만 있다면 중국인 친구를 만들고 중국어 회화를 할 수 있는 기회는 주변에 널려 있다. 아파트 주변의 복무원, 시장의 판매원, 거리 상점의 직원, 학교 선생님 등 본인의 적극적인 마음만 있다면 중국인 친구를 만들 수 있는 기회는 얼마든지 있다는 것이다(필자는 중국인 차반에는 못 들어갔지만, 그 학교의 중국인 친구들을 많이 사귀어 놓은 유학생들을 종종 볼 수 있었다).

중국 유학을 가서 중국인들과의 많은 교제를 갖는 것은 당연한 것이다. 그러나 그 당연한 것을 많은 한국 유학생들이 쉽게 간과하고 있는 건 아닌가 생각된다. 본인이 중국인과의 깊은 사귐에 있어 가장 우선시 되어야 할 것은 본인의 적극적인 마음가짐임을 명심하기 바란다.

중국인과의 교류를 최대한으로 늘리고, 한국인과의 교류를 최소한으로 하는 것. 유학생으로서의 기본 중의 기본 마인드임을 잊지는 말아야 할 것이다.

고 3 어디로 갈 것인가?
학교냐, 학원이냐

예전에 필자는 중국유학의 현실을 묻는 질문에 이렇게 대답한 적이 있다.

"현 중국의 조기유학은 중국 학교 내의 국제부라는 중국 대학입학을 위한 입시학원에 있는 것과 같습니다."

이제는 현재 고 3 유학생들의 입시준비 모습과 대안에 대해 여러 가지로 얘기해보고자 한다.

현재 많은 유학생들의 중국 대학입학을 위한 대입준비 모습을 살펴보면 다음과 같다.

어떤 학생이 중국에 유학을 가서 고 2, 2학기가 되면 국제부에서 운영하는 입시반에서 대입을 준비하게 된다. 그 이유는 외국 학생이 중국 대학에 갈 경우 '외국인 특별전형'으로 인하여 중국 학생들처럼 전 과목이 아닌 3~5개의 과목만 외국인 학생들끼리 시험을 보기 때문이다. 유학생들의 과반수 이상이 유학을 늦게 왔거나 실력이 미진한 경우이기에 그 시기에 중국인반에 있는 것은 오히려 시간 낭비로 볼 수도 있다.

　그러나 아쉽게도 앞에서 말한 바와 같이 중국 학교 내의 입시반 준비운영이 대비반 편성인원의 문제와 선생님 자질문제로 미흡한 경우가 많다. 보통은 각 대학별 북경대반, 청화대반, 인민대반으로 나누고, 그 안에서 다시 이과와 문과로 나누어 대학별 시험유형에 맞추어 공부를 하는 것이 조금이나마 더 합격률을 높일 수 있으나, 학교 재정과 학생 인원에 맞추다 보니 대부분 북경대 문과반과 청화대 이과반만 운영되는 곳이 많다. 선생님들 또한 입시전문가를 초빙하기보다는 현 교직 인력을 그대로 배치하여 입시반을 담당하도록 하는 경우가 많다.

　그럴 경우 자신의 실력이 부족하여 짧은 시간 동안 일류대 합격을 위해서 '입시학원'을 찾게 된다. 입시학원은 말 그대로 중국 대학입시에 최적화된 수업과 강사진이 포진하고 있다. 북경대반, 청화대반, 인민대반을 이과와 문과로 나누어 6개 반으로 운영하고, 강사진 또한 핵심만 짚어주는 유명 고액 강사들이 포진되어 있다. 소위 말하는 시험에 나올 만한 부분만 짚어주는 수업을 하는 것이다.

결과는 어떨까?

현재 북경대, 청화대, 인민대 합격학생들을 보면 3분의 2 이상이 바로 이 입시학원생들인 것을 알 수 있다. 어찌 보면 당연한 결과일지 모르겠다. 수년간 입시만을 전문으로 하면서 쌓은 노하우를 고액의 전문 강사들이 수업하는 것과 일반 학교의 국제부 입시반과는 분명 수업의 질적인 측면에서 차이가 난다.

하지만 입시학원으로 간다고 해서 모든 결과가 좋은 것은 아니다. 입시학원의 수백 명의 학생들 중에 공부를 하지 않는 학생들도 있다. 오히려 입시학원에서 친구들과 잘못 어울려 공부는 뒷전인 경우도 발생한다. 대개 입시학원의 위치가 우다코인 대학가이다 보니 학원생들을 유혹하는 많은 대학문화도 존재한다. 입시학원 특성상 모든 학생들은 홈스테이 또는 부모님과 같이 살고 있는 학생만 가능하다.

또한 입시학원에서 많은 합격생을 배출시킨다는 것은 그만큼 불합격으로 낙방한 학생들도 많다는 걸 의미한다.

그렇다 하더라도 이 입시학원의 높은 합격률은 절대로 무시할 수가 없다.

하고자 마음만 먹은 학생이 있다면, 최선의 선택일 수도 있다. 그러기에 지금도 많은 중국 내의 지방학교에서도 고 2, 2학기가 되면 북경에 있는 입시학원으로 올라오는 이유가 여기에 있는 것이다.

유학의 관점으로 보면 어떨까?
부모님 세대에 있어서의 유학은 학생 때 외국의 나라에 가 그
나라 언어와 문화, 친구들을 사귀면서 힘들게 공부하여 다른 외국
학생들과 같은 조건으로 경쟁하여 대학에 가는 것을 생각할 것이
다. 그러나 중국의 경우에는 '외국인 특별전형'이라는 제도에 의
해 학교 내에서는 외국 학생들을 위한 입시반이 생겨져야 하고,
부족한 학교 입시반 수업 때문에 결국 '입시학원'으로 가게 되는
것이 현실인 것이다.

그렇다면 좀 더 유학다운 유학을 만들 좋은 대안은 없을까?
현재로서는 아직 없다. 이 부분을 해결하려면 중국의 교육부와
주요 도시의 고등학교들의 교장단 회의가 있어야 하는데, 이것을
주도적으로 나서는 사람이 없어 앞으로도 쉽지는 않아 보인다.

필자가 생각하기에는 현재 중국유학 입시에 있어서는 학교냐,
학원이냐에 대한 선택은 다음과 같다.
본인의 중국어와 영어, 수학 실력이 높은 수준이라면 중국 학
교 입시반에서 정상적으로 수업하는 것이 바람직하고, 아직 실력
들이 부족한데 짧은 시간 내에 합격률을 높이고 싶다면 입시학원
에 가는 것이 좋을 것 같다. 정상적으로 학교를 다니지 않고 입시

학원에 가는 방법이 옳은 것은 아니지만, 현재의 중국유학 현실에서는 어쩔 수 없다.

한 중국 교육전문가가 이런 말을 했다.

"고등학교 중국인반에서 중국어 점수가 80점 이상인 수준의 학생이라면 별도로 입시반을 가지 않더라도 북경대에 무난히 합격할 수 있는 수준이다"라고. 즉, 일찍이 중국에 유학 와서 중국어 교육을 체계적으로 받고 중국인반에서도 우수한 실력을 갖춘 학생이라면 굳이 입시반을 가지 않더라도 중국 학생들과 같이 고 3 시기를 보내고 북경대에 합격이 가능하다는 말이다.

이 부분이 앞으로 중국유학생들과 교육관계자들이 함께 해결해야 할 숙제인 것 같다.

중국유학 성공의 시작은 가장 짧은 시간 내에 중국인반에서 함께 수업하는 것으로부터 시작된다

필자가 생각하는 중국 조기유학의 성공이란 '얼마나 빠른 시기에 중국인반(차반)에 들어갈 수 있느냐' 로부터 시작된다. 그 이후에 중국어 수준을 높일 수 있는 다양한 방법을 활용할 수 있기 때문에 얼마나 짧은 시간에 효과적으로 공부하여 중국인반에 들어갈 만한 실력을 키우느냐가 관건인 것이다.

대부분의 중국 학교를 보면, 중국인반 입학에 관하여, 학교방침에 따라 다음과 같은 유형으로 나뉜다.

- 유학 초기에 바로 중국인반에 들어가 오전 합반을 시키고, 오후에 별도로 기초 수업을 받는 경우
- 한 학기는 국제부에서 기초반을 하고, 2학기부터 오전은 중국

인반에서 수업을 하고, 오후에는 국제부에서 수업을 하는 경우

학교측 설명에 의하면 두 가지 유형 모두 일단, 중국어를 알아들을 수 있게 귀가 열리게 하기 위한 방법으로, 실제로 이 방법으로 효과를 본 학생이 있다고 한다.

그러나 필자의 개인적인 생각으로는 귀가 열리는 것도 어느 정도의 기본바탕을 갖추고 나서야 되지 않나 싶다. 중국유학에서 귀가 열린다는 것은 기본적으로 어느 정도 중국어 단어의 양이 뒷받침되어야 열리는 것인데, 위와 같은 방법으로는 단순히 중국인반에서 '수업을 듣고 있다'라는 정도이지 '수업에 참여한다'는 의미는 아닌 것 같다. 오히려 기초를 갖추지 못한 상태에서의 중국인반 수업은 자칫 유학 초기에 중국어 공부에 대한 심한 거부감으로도 나타날 수 있다. 중국인반 수업에 흥미를 잃거나 나중에 중국인반에 가더라도 처음부터 많은 부담감을 가질 수 있다. 그렇기 때문에 섣부른 중국인반 수업은 옳지 않다고 보여진다.

그렇다고 해서 1년 정도가 지나 중국인반에 들어간다고 하더라도 합반은 여간 쉬운 일이 아니다. 학교마다 중국인반에 앉아있기는 하나, 효과적으로 수업에 참여하지 못하는 학생이 상당하기 때문이다. 무엇보다 그 학생들의 부족한 중국어 실력이 가장 큰 이유이나, 그 외 다음과 같은 이유로 1년 이상 유학기간이 경과한

학생도 중국인반 수업 참여에 어려움을 겪고 있다.

첫째, 한국 학생의 중국 학교에 대한 적응력 부족을 이유로 들 수 있다.

첫 대면에서 중국 학생들과 한국 유학생들이 어울리기 위해서는 학교에서 현지 학생들과 어울릴 수 있는 프로그램이 있다면 훨씬 용이하겠지만, 그것을 갖춘 학교는 거의 없다. 몇몇 학교에서는 중국 학생들과 한국 유학생들이 함께 어울릴 수 있도록 여러 가지 프로그램을 시도해 봤으나, 대부분 지속적으로 이뤄진 경우가 거의 없다고 한다. 필자 역시 중국 학생들과 한국 유학생들을 묶어서 '학습 도우미'라는 명칭으로 1대 1로 친구를 만들어준 적도 있고, 축구시합과 서클활동 등 여러 가지를 시도해 보았으나, 거의 성과는 없었다.

어렸을 때 중국에 와서 일찍 중국 학생들과 차반을 한 학생들은 가능할진 모르겠지만, 대개 한국 유학생들이 유학을 오는 중 2 ~ 고 1의 경우 중국인 학생들과 차반을 해서 친구를 만든다는 것은 정말 힘들다. 마음 같아선, 이것저것 묻고 답하면서 서로 친해질 수 있다고 생각하지만, 언어의 장벽이 가장 큰 문제인 것이다.

그 다음으로는 학급 내에서 학생 스스로의 적응력 정도가 문제가 된다. 알다시피 한국에서도 이 정도 나이에 전학을 가서 전학 간 학교 학급 친구들과 친하게 지내면서 생활한다는 것 역시 쉬운 일이 아니다. 하물며 중국에서 공부하는 학생들에겐 역시나 더 어려운 일인 것이다. 어렵게 중국 학생들과 차반을 했다 할지라도 교사들은 대부분 한국 유학생들에게 무관심한 태도로 일관한다. 그래서 차반을 했다 할지라도 얼마 못가서 다시 국제부 학력반으로 돌아오는 경우가 허다하다.

둘째, 학력반 수업의 존재 자체가 이유가 된다.

한국 유학생이 중국 학교에서 받는 수업과정은 한어반(또는 한보반), 학력반, 차반(중국 학생과의 합반)으로 나뉠 수가 있다. 한어반을 쉽게 말하자면 랭귀지 과정 즉, 중국어 기초 언어를 배우는 과정으로 보통 6개월에서 1년 정도를 공부하게 된다. 이후 HSK 급수가 있거나 학교에서 정한 차반시험을 통과하게 되면 중국인반으로 차반을 하게 되고, 그렇지 못한 학생의 경우는 학력반에서 같은 학년 내지 수준에 맞추어 다른 교과서를 가지고 수업을 받게 된다. 학력반의 경우 차반과 같은 학년이라 할지라도 한국 학생들과의 수업이라서 진도가 중국 학생들보다 좀 느린 편이다. 그러다 보니 수업을 따라가기에는 차반보다 학력반이 훨씬 수월하다는 장점이 있다. 한어반을 마친 후 아직 차반에 갈 실력에 못 미치는 학생들을 위한 학력반이 있는 것도 좋지만, 대부분의 한국 유학생들은 중국 학생들과의 차반에서 어떻게든 살아남으려는 강한 의지가 있어야 함에도 불구하고, 몇 달 정도 있다가 힘들다 생각되면 그냥 학력반으로 내려온다. 그 다음에 중국인반에 가는 것은 더욱 힘들게 된다.

결국은 힘들게 유학을 가서 중국인반에서 수업 한번 해보지 못하고 국제부에서 졸업하는 학생도 생기게 되는 것이다.

셋째, 학생 본인 스스로의 문제를 들 수 있다.

초등학생들은 6개월 정도 한어반에서 중국어를 배우고 개인과외로 보충까지 받으면 얼마든지 중국 학생들과 함께 수업(차반)을 받을 수 있다. 그런 반면에 중·고등부 학생들은 차반을 한다고 해도 중국 학생 수준의 회화 실력을 갖추지 못한 한국 유학생들에게 있어 차반수업은 실로 많이 힘들다.

중국유학의 목적이 비록 꼴등을 하더라도 중국 학생들과 더불어 생활하고 공부하는 것이라 한다면, 본인이 설사 반에서 바보가 될 지라도 죽기 살기로 따라가야 하는데, 그런 의지를 갖고 있는 한국 유학생은 극히 드물다. 몇 주 해보다가 엎드려 자던지 한국 학생들끼리 수업시간에 대화하고, 다시 학력반으로 돌아오는 경우가 대부분이다.

넷째, 중국 학생들의 오해

몇 년 전까지만 해도 한국 유학생들은 중국 학생들에게는 호기심의 대상이기도 했고, 잘 사는 나라에서 온 부유한 학생들로 비춰졌다. 그러나 요즘 들어 기존 한국 유학생들의 행동에 여러 가지 문제가 있다 보니 인식 자체가, 한국 유학생들은 공부는 안하고 수업에 방해가 되는 존재로 여겨지는 경향이다.

대부분의 중국 학생들은 중국 명문학교에서 정말 열심히 공부한다. 아마 한국의 과학고나 외고 이상으로 열심히 한다고 생각하면 될 것이다. 중국 학생들의 학부모들 또한 교육열에 있어서만큼은 여느 한국 부모들 못지않다. 한 중국 학교에서는 중국인반에 한국 유학생들이 차반을 하자 자녀의 공부에 방해가 된다면서 중국 학부모들이 학교에 쫓아와 항의를 한 적도 있다.

앞의 내용들을 비춰볼 때 중국 학생과의 차반수업은 결코 쉽지 않다. 1년~2년 정도 중국어를 배운 학생이 중국 학생들과 함께 중국 역사, 정치, 수학, 영어 등을 공부한다고 할 때 한국 학생들 개개인의 똑똑함을 떠나 그 수업을 따라가는 한국 유학생들은 실로 어려운 일이 아닐 수 없다.

중국 조기유학을 성공하기 바란다면 이러한 어려운 부분을 감안하더라도 최대한 빠른 시간 내에 중국인과의 차반수업을 할 수 있는 실력을 키워 중국 친구들과 같이 수업하고, 교제를 하는 것이 가장 바람직한 출발이 아닐까 싶다.

그러기 위해서는 유학생활 첫 1년이 어떠한 마인드를 가지고 계획을 세워 공부할지, 방향과 목표를 세우는 데 있어 가장 기본이면서도 중요한 단계라고 하겠다.

'공부해라'는
학교에서 충분하다

– 학부모는 자녀에게 '학부모'가 아닌 '부모'가 되라

'공부해라!'

아마도 이 말은 한국의 학부모라면 최소한 자녀가 학교에 입학하면서부터 대학에 갈 때까지 매일같이 하는 말 가운데 하나일 것이다.

중국유학에서도 마찬가지이다. 학부모의 입장에서는 자녀를 처음 유학보낸 시점에서부터 자녀가 공부는 잘하고 있는지, 적응은 잘 하는지, 건강은 괜찮은지 등 걱정으로 하루하루를 보내지만, 한 학기, 두 학기가 지나 모든 적응이 끝나게 되면 입버릇처럼 한국에서와 마찬가지로 다른 것보다 '공부해라'를 외치게 된다. 비싼 비용을 들여 외국에 유학까지 보냈으니 당연히 하루빨리 능숙한 중국어 실력을 갖추기를 바라는 것은 유학을 보낸 학부모의 입장에서는 당연한 것이다. 그러나 많은 중국의 유학생들은 그런 부모님의 공부에 관한 얘기를 귀담아 듣기보다는 잔소리로 치부하는 경우가 더 많다. 이는 한국에서도 마찬가지겠지만, 유학을 간 상황에서는 더 많은 문제가 쌓이게 된다.

대부분 자녀들의 중국유학 처음 1년간은 학업에 대한 스트레스와 언어적인 문제, 친구들과의 문제, 거기다 부모님과 함께 있지 않은 불안함 등의 문제들에 대해 조금씩 적응해 나가고 있는 기간이다. 이 시기에는 진실로 많은 대화와 위로가 필요하다. 그러나 부모의 입장에서는 좀 더 빨리 자녀가 깨닫기를 바라는 마음으로 자녀의 얘기를 들어주기보다는 야단과 충고로 일관되는 모습을 많이 보이게 된다. 즉, 얼마나 타지 유학생활이 힘들지 알면서도 내 자식이 잘되기를 바라는 마음에 끊임없이 요구하게 되는 것이다.

문제는 여기에서부터 부모와 학생 간 마음의 벽이 하나 둘씩 쌓이게 되는 것이다. 학생은 자신이 중국에서 얼마나 힘들게 유학하는지 부모는 이해를 못한다고 생각하기 때문에, 실제로 중국유학을 온 상당수의 학생들이 부모들과 대화 단절을 겪게 된다.

어찌 보면 청소년기 시절에 가장 가까워야 하고, 가장 많은 대화가 있어야 할 부모의 역할이 단순히 유학비용을 대주는 잔소리꾼으로밖에 인식되지 못하는 것이다.

혹 이 내용을 보면서 '나는 이렇지는 않지'라고 생각하는 학부모가 계시다면 지금 당장 자녀에게 물어보기 바란다. 본인이 생각하는 부모의 모습과 자녀가 느끼는 부모의 모습이 얼마나 차이가 나는지······.

필자가 봐도 중국에서 생활하는 학생들이 정말 생각이 없는 학생이면 모를까, 그렇지 않은 경우의 대부분의 학생들은 매우 힘들게 유학생활을 하고 있다. 또 공부와는 별로 친하지 않고 놀기만 좋아하고 자유롭게 생활하고자 하는 친구들도 상담을 하다보면 부모님께는 항상 죄송한 마음이 든다는 학생들이 많이 있다. 이런 학생들에게는 학부모의 모습보다는 대화가 가능한 부모의 모습이 필요하다.

며칠 전 TV에서 한 CF를 본 기억이 있다.

"당신은 자녀에게 부모입니까? 학부모입니까?"

만일 중국유학 입학 초기에 멘토가 될 수 있는 학생 관리자를 정하였다면 그 다음부터 학부모는 자녀에게는 '학부모'가 아닌 '부모'가 되어야 한다. 학생 관리자가 충분히 매일 자녀에게 공부하라고 외치고 있다는 것을 믿는다면, 부모는 자녀에게 더 이상의 압박이 아닌 든든한 위로자로서의 역할을 해야 하는 것이다. 그런 의미에서 중국유학시 믿을 만한 학생 관리자를 만난다는 것은 중국유학 성공에 있어 가장 중요한 부분일지 모르겠다.

필자가 생각하는 가장 올바른 중국유학의 형태는 학교에서는 최선을 다해 공부를 가르치고, 부모는 힘든 자녀를 위로하며, 학생의 멘토가 되는 관리자가 그 과정을 지켜보고 함께 가주는 것이다.

자녀 관리는 누가?

- 내 자녀에게 '멘토'가 될 만한 사람을 찾아라

부모님의 역할보다 더 큰 힘과 믿음은 없겠지만, 어쩌면 중국유학에 있어서 자녀에게 '멘토'가 될 수 있는 단 한 명이라도 곁에 있다면 그보다 더 좋을 수는 없을 것이다.

중국유학의 실정을 정확히 알고 있고, 본인이 최소한 대학갈 때까지는 믿고, 의지하고, 힘든 일이 있을 때 상담이 가능한 사람. 또한 부모님에게 말 못할 얘기도 말할 수 있을 정도로 의지가 되는 사람이 있다면, 어쩌면 부모로서는 자녀의 유학생활의 무거운 한 짐을 벗어버린 것과 같다. 그것은 자녀에게도 유익하지만, 부모로서도 중국 현지의 자녀 모습과 학업에 대한 정확한 정보를 얻을 수 있기 때문이다.

자녀 입장에서는, 한국에 있는 부모님은 자신의 힘든 부분들을 같이 겪고 있지 않기 때문에 속사정까지는 이해를 잘 못하리라 생각한다. 실제로도 그렇다. 부모가 조기유학의 경험이 없는 이상 아이가 중국유학을 가서 어떻게 공부하는지, 생활하는지에 대해 100% 공감하기란 어려울 것이다. 중국 조기유학시절의 힘든 부분을 간접적으로 이해하는 것과 실제로 현지에서 겪는 것과는 많은 차이가 나기 때문이다.

그런 의미에서 자녀에게 힘든 유학시간 중 진정한 멘토가 될 수 있는 사람은 중국유학에 대해 모든 것을 꿰뚫고 있는 사람, 현지에서 직접 자신을 관리해 주는 사람이 되어야 한다.

학생의 입장에서는 똑같은 '공부해라' 라는 말도 부모가 얘기하면 잔소리가 되지만, 선생님이나 학교 또는 유학원 관계자의 충고는 '뭔가 나를 위해 하는 말' 로 여기게 된다.

아마도 그 나이의 자녀를 둔 부모들은 다 이해가 될 것이다

중국유학 초기에 자녀에게 중국유학 중 믿을 만한 멘토를 만난다는 것은 크나큰 축복이 아닐 수 있다. 부모와 자녀에게 믿을 만한 선생님이 있다면 그 안에서 충분한 역할분담을 이룰 수 있는 것이다. 학업 쪽은 학교가, 현지에서 상담은 멘토관리자가, 부모님은 자녀의 든든한 배경이 되어 준다면 아무리 힘든 중국 유학생활이라도 자녀와 부모 모두 잘 이겨낼 수 있을 것이다.

책을 마치며

인터넷의 발달로 인해 중국유학에 대한 정보를 찾고자만 한다면 수많은 정보를 알아낼 수 있는 시대가 되었다. 그러나 중국유학 전문가의 입장에서 보면 그 정보들이 모두 진실 되고, 포장된 것이 없다고는 보이지 않는다. 교육이라는 진리와 자녀의 인생이 걸린 중요한 문제에서도 아직은 많은 상업적인 부분이 들어가 있기 때문이다.

나름 중국유학 일을 오래한 사람으로서 중국유학을 생각하는 학생들과 학부모들에게 작지만, 큰 도움이 되고 싶었다. 지금도 머릿속에는 정리되지 못한 중국유학에 대한 많은 내용들이 있는데, 본인의 부족한 능력으로 인해 다 내놓지 못함을 안타깝게 생각한다.

하지만 중국유학에 대해 문외한인 사람에게는 개인적으로 알기 힘든, 얻지 못할 여러 정보들을 자세히 적었다고 자신한다.

이 책을 보게 되면 중국유학에 대한 문제점과 비판도 적지 않게 많이 다루었다.

예전에 썼던 책은 거의 절반 이상이 중국유학 비판일색이었다. 그러다 보니 많은 학부모들이 중국유학을 계획하다가 필자의 책을 읽고 유학을 포기하게 됐다며 오히려 너무 고맙다는 인사 전화와 이메일을 보낸 적이 여러 번이었다.

아무래도 필자의 생각이 잘못 전달된 것 같다. 중국유학을 가는 것은 하나의 큰 도전이자, 그와 함께 세계화시대에 걸맞는 인재가 될 큰 기회를 얻는 것이다. 필자가 중국유학의 문제점을 지적하고, 비판하는 것은 그 중국유학 선택에 있어서 일반인들은 예상하지 못한 여러 문제점들이 있으니 미리 알고 대비하라는 뜻이었다.

중국유학시 나타나는 문제점들을 미리 알고 있는 것과 모르고 가는 것은 많은 차이가 난다.

앞서 언급한 중국유학 초기 눈에 본 모든 것들이 중국유학에 있어서 정답이 된다고 말한 것처럼, 이런 중국유학의 문제점들을 미리 알고 간다면 학생 본인에게 그것은 중국유학이 원래 그런 것이 아니라, 고쳐나가야 할 문제점으로 인식되는 것이기 때문이다.

'중국유학.' 국내 교육의 안타까운 미래 속에서 세계화시대에 걸맞는 '글로벌 인재' 가 되기 위하여 앞으로도 많은 한국 학생들이 도전하게 될 것이다. 그러나 중국유학에 대해 많은 사람들은 양날의 검이라거나 실패한 학생들도 많으니 위험하다고도 한다.

그러나 자신의 미래는 본인 스스로가 만들어 가는 것임을 잊지 말기 바란다. 한국에서 어떻게 생활했는지는 중요하지 않다. 앞으로가 중요하다. 중국유학 환경, 학교, 친구, 선생님을 탓할 필요도 없다. 결국은 자기하기 나름인 것이다.

결과를 떠나 중국유학길에 오름에 있어서 자신과 부모님에게 떳떳한 사람이 되기를 바란다.

이왕 가기로 결정하였다면, '한 번 해보자' 정도로는 부족하다. 진심으로, 죽을 각오로 임하기를 바란다.

어른이 되었을 때, 중국유학시절을 돌이켜보았을 때 소중한 내 유학생시절의 하루하루가 힘든 시간으로 기억되기를, 후회 없고 원 없이 공부했던 시기로 기억되기를 바란다.

지금 조금 울자.
지금 조금만 더 고생하자.
다른 친구들보다 조금 더 즐거움을 줄여보자.
그리고,

나중에 더 큰 즐거움을 얻자.

내가 꿈꾸어 온 사람이 되자.

반드시 나중에 웃자.

* * *

마지막으로 너무나 부족한 글을 읽어주신 모든 분들께 진심으로 감사의 말을 전한다.

미약한 글이지만 중국 조기유학을 생각하고 있거나 현재 중국 유학 중인 많은 학생, 학부모들에게 좋은 정보가 되었으면 하는 바람이다.

※ 작가와의 만남 또는 상담을 원하시는 분은 아래 홈페이지에 글을 남겨주시거나 이메일로 연락을 주시면 성심성의껏 상담해 드리겠습니다.

홈페이지 : http://www.haot.co.kr

이 메 일 : haoteacher@hanmail.net

현장의 소리
- 중국유학 체험수기

l-u-mu-ch'i)

di

n Pendi

GANSU

Shijiazhuang ●

● Da Qaidam   Lanzhou ●   ● Boutou
                (Lan-chou)   Zibo ●

MO   C H I N A

Qinghai

                CHENGDU ●   Luoyang ●
                (Ch'eng-tu)   Zhenghou ●

AOYUAN

                        Chongqing ●   SAANXL
                                            ● Yanan
                                                    Wuhan ●
a(La-sa)   Nanchan
                                    Hengyang ●

KATHMANDU   ✛ THIMPHU
    BAUTAN

DHAKA   GUANGXL
                                ● Bosw

    ● Chittagong   Nanning ●   Guangzhou ●
    MYANMAR

                        LAOS
                    VIANGCHAN   HANOI
    KRUNG THEP(BANGKOK) ✛
            ✛
        THAILAND
    KRUNG THEP

뚜렷한 목표와 관리자가 있는
조기유학을 권한다

최원준(중국 조기유학 3년차)

내가 처음 중국에 온 때가 중 3, 1학기 때이다. 처음에 중국에 왔을 때 생각 외로 중국이 괜찮은 나라라고 느꼈다. 내가 한국 TV를 보고 알았던 환경과는 많이 달랐기 때문이다. 사실 내가 오게 된 이유는 한국에서 농구에 빠져 공부를 소홀히 하다 보니 이건 아니라는 생각에 무작정 중국유학길을 선택했었다. 무작정 와서 부모님도 곁에 안계시게 되니 다시 농구에 빠지게 되었다. 그렇게 한 학기를 낭비하고 2학기 때부터 공부를 하기 시작했다.

내겐 중국어란 어렵지만 재미가 있어 점점 빠져들게 만드는 재미있는 언어였다. 그렇게 또 한 학기를 지내고 고 1에 르탄중학교라는 곳에 다니게 되었다. 이 학교는 내게 많은 의미를 준 학교이다. 처음으로 중국 학생들과 같이 수업하는 차반에 들어갔을 때 중국 친구들이 많이 도와주고 아껴줘서 내게 큰 힘이 되었다.

그리고 고 2 한국 아이들과 같이 수업하는 국제부에 오게 된 후부터

'진짜 공부'를 하기 시작했다. 내 주위에 친구들을 보면 고 1때 온 아이들, 대학시험을 1년 남기고 온 아이들 등 매우 많은 유형의 아이들이 있다. 그 친구들을 보면 늦게 와서 시간이 얼마 남지 않아 발버둥 치며 하는 아이들, 아예 목표를 낮은 대학으로 잡아 가는 아이들 등이다. 그리고 중국 또한 한국처럼 공부 안하는 아이들이 많다. 아니 훨씬 많다. 그 아이들을 보면 대부분 주재원으로 와있어서 그냥 생각 없이 부모님을 따라온 아이들이 대부분이다. 그들은 뚜렷한 목표가 없다.

중국에 있는 유학생으로서 유학을 고민하고 있는 친구들, 새로 유학을 올 친구들을 위해 오기 전에 몇 가지 주의할 점을 말해주고 싶다.

첫째, 마음을 단단히 먹고 결정하자. 왜냐하면 이곳 유학생들 중 아무 생각 없이 와서 공부를 열심히 하지 않는 학생들이 많다. 만약 그냥 생각 없이 도피 유학으로 오는 경우라면, 비추천이다. 그런 유학은 비전이 없기 때문이다. 하지만 마음을 먹은 아이들에게는 정말 추천해 주고 싶다. 왜냐하면 대부분 제대로 된 중국 학교는 공부를 열심히 하는 학생에게는 실력이랑 상관없이 선생님이 관심을 많이 가져주고, 치켜세워주고, 고무시켜 성적 향상을 위해 도와주기 때문이다. 즉, 열심히 하고 잘하는 학생은 꽉꽉 밀어준다.

둘째, 유학원이나 아는 사람이 관리해 주는 조건 하에서 오자. 대부분 학생들이 이런 어떠한 중간 역할이 없이 온 경우에는 밤에 늦게 돌아다니는 학생들이 많다. 중국은 워낙 사람이 많기 때문에 위험한 일이나 사고가 많이 일어난다. 실제로 한국 그리고 이곳 중국은 한국 유학생들을 유혹하는 것들이 매우 많다. 어렵지 않게 유흥업소나 클럽에도 마음대로 갈 수도 있는데, 한국 유학생들을 위한 이런 곳들이 매우 많다. 그러므로 체계적인 관리가 없으면 방탕해지기 쉽다.

셋째, 되도록 일찍 오는 조기유학이 좋다. 아무래도 일찍 오게 되면 대학시험 중국어 작문 부분에서 더 중국인다운 표현을 써낼 수 있게 되고, 이런 점은 실제로 늦게 온 유학생들이 따라갈 수 없는 부분 중 하나이다. 그리고 빠르면 빠를수록 중국 아이들과 놀 수 있는 시간이 많아지고 그러면 더 많은 교류를 할 수 있는 기회를 가질 수 있다. 그러나 늦게 오게 되면 중국 아이들과 교류할 수 있는 시간이 줄어들고 입시준비를 하게 되니 언어 방면에서 조기유학을 온 아이들에 비해 현저히 수준이 낮을 수밖에 없다. 하지만 늦게 온다고 포기하라는 것은 아니다. 늦게 와도 열심히만 하면 많은 성공의 길이 있기 때문이다.

이 세 가지만 명심하고 유학을 결정한다면 그 학생은 올바른 중국유학의 길을 갈 수 있으리라 믿는다. 끝으로 이 글이 새로 중국유학을 올 학생들에게 정말로 많은 도움이 되었으면 하는 바람이다.

기초반과 차반생활을 어떻게
하느냐가 중국어 실력을 좌우한다

안근회(중국유학 3년차)

유학과 새 출발을 목표로 중국 땅을 처음 밟은 때가 벌써 3년이 다 되어 간다. 지금 다시 뒤돌아보면 목표 없이 많은 한국인들과 중국인들이 손가락질하던 도피성 유학을 온 사람 중의 한 명이 바로 나였던 것 같다. 처음에 온 6개월을 모태신앙인이지만 신앙생활도, 공부도 하지 않고 오직 게임만으로 밤을 새던, 너무나도 허무한 생활로 보냈다. 이후에 다른 학교에 전학을 가서도 마음을 잡지 못하고 허송세월을 보냈었던 것이 나의 유학생활의 첫 1년이었다. 이런 생활방식이 굳어져버리자 한국에서 가장 자신 있었던 수학에서조차 자신감을 잃어가기 시작했다. 거의 모든 과목에 대해 아는 것이 없었던 것이 그때의 나였다.

그렇게 1년을 흘려보내고 마음을 잡은 지금은 중국 학교에서 중국 학생들과 함께 공부하는 차반생활로, 180도 바뀌어버린 유학을 다시 시작하고 있다.

나와는 다른, 계획적인 유학을 목표로 중국에 온 학생들이 대부분일 것이라 믿지만, 중국에는 한국 학생을 나쁜 길로 유혹하는 꺼리들이 너무나도 많다. 청소년에게 아무 검사 없이 판매되는 술과 담배, 마약, 심지어는 창녀촌까지 다양하다. 이런 유혹들과 한국 학생들 사이에서 튀지 않고 평범함을 지키려는 태도 등 모든 것이 유학생활을 방해하는 요소들이다. 하지만 나는 1년을 낭비하고서야 이를 이겨내는 방법을 알게 되었다. 그것은 바로 목표가 뚜렷하고 가슴이 열정으로 가득 채워진 학생은 힘들어도 묵묵히 이 모든 것들을 헤쳐 나갈 수 있다는 것을 말이다. 이것이야 말로 '군계일학'이 되는 학생들이다.

　성공적인 중국유학의 관건 중의 하나가 바로 첫 시작이다. 언어가 어려운 나라인 만큼, 초반에 배우는 중국어 기초반을 얼마나 열심히 하느냐가, 또 처음에 들리지 않아 답답한 차반생활을 얼마나 적극적으로 하느냐가 유학의 전체적인 중국어 실력을 좌우한다. 나는 이 기회를 잡지 못했지만 주위의 친구들과 선배, 후배들만 봐도 정말 그렇다는 것을 알 수 있다. 차반에서 공부를 하다보면 재밌는 경우가 있는데, 가끔 중국 친구들이 한국 유학생들에게 한자의 병음이나 쓰는 법을 물어보기도 한다는 것이다. 물론 소수의 중국 학생들이 물어보기는 하지만 유학을 오는 한국 학생들이 이런 재밌는 경험도 해보기를 바란다.

　뚜렷한 목표와 좋은 스타트 다음으로는 중국인을 이해하고 포용할 수 있는 자세가 반드시 필요하다. 문화와 생활수준, 위생 방면에서 한국과 비교하여 엄청난 차이가 있는 중국에서 위생적인 한국 학생들이 스트레스를 받지 않고 지혜롭게 자신의 마음을 다스리기 위해서는 중국인들의 비위생적인 습관도 이해하려고 노력해야 한다는 점이다. 심지어 그들의 화장실 문화까지도 이해해야 한다. 처음에는 힘들겠지만 이런 상황에 부닥칠 때마다 우리나라의 위생에 대해 자부심을 갖고 자신만의 대책을 만들어 보는 것도 좋은 해결책인 것 같다. 나 같은 경우, 중국 친구들과 같은 반에서 생활하면서 견디기 힘든 여러 상황들 때문에 스트레스를 받기도 했지만 중국인을 차츰 친구로 받아들이기 시작하자 반에 들어갈 때마다 냄새 때문에 항상 괴롭던 마음이 한결 나아졌다. 그들을 이해하고 친구들이라 생각하면 수업에 대한 집중도도 높아진다. 무엇보다도 자신의 유학생활을 위해서는 중국의 약간은 비위생적인 특성을 하루 빨리 익숙해지는 것이 좋다.

마지막으로 부모님과 또는 홀로 유학길에 오르는 유학생들에게 축복의 말을 전해주고 싶다. 마침 이 글을 쓰기 전, 《연금술사》라는 책을 다시 읽었다. 책을 보면 자신이 간절하게 원하는 목표는 온 우주가 그것이 이루어지도록 도와준다는 것이다. 평생에 남들이 경험하지 못한 유학길에 오르면서 아무런 목표가 없이 이 귀중한 시간을 낭비하지 않기 바란다. 목표가 없다면 찾으면 되는 것이고, 목표가 있다면 그것을 끝까지 붙들고 나아가면 되기 때문이다. 《연금술사》의 주인공 산디에고처럼 자신의 익숙한 고향으로부터 나와 자신의 꿈을 향해 걸어갈 때 많은 힘든 상황들도 있었지만 결과는 항상 밝다는 것이다.

나의 경우 중국에 와서 고 1이 거의 다 끝나가서야 공부의 맛을 알았다. 부디 후에 올 많은 유학생들이 공부의 맛을 빨리 느끼기 바란다. 혼자서 맛보기에는 아깝기 때문이다. 중국에서 종종 말하는 구절이 하나 있는데 바로 견지취시성리(堅持就是胜利)라는 구절이다. '버티는 것이

곧 승리'라는 걸 의미한다. 유학을 하면서 힘든 점도 있겠지만 저 뒤에 빛나는 결과만을 기대하면서 나아가기를 기원한다.

*　　*　　*

아무런 목표 없이 중국유학에 왔지만 기도로써 저를 이끌어 주신 부모님과 공부를 시작하게 해준 홍원장님, 안선생님 그리고 무엇보다 살아 계시는 하나님께 감사드립니다.

미래를 보장받을 수 있는
중국유학은 도전해볼 만한 일이다

곽승준(중국 조기유학 3년차)

2007년 12월 31일, 한 해의 마지막이자 또 다른 한 해의 시작을 알리는 눈이 내리는 날 나는 중국에 도착했다. 횟수로 따지면 이미 2년이 넘었다. 처음에는 머릿속에 각인된 '중국'에 관한 편견들 때문에 적응하는 게 쉽지 않을 것이라고 생각했다. 하지만 한 달도 안 되어서 중국에 있는 많은 한국인들과 한국 문화를 접하고 중국이라는 나라에 적응을 하기 시작했다.

나는 북경 55중학교에서 IB 과정을 밟고 있다. 그 학교를 다닌 지도 2년, 4학기 째다. 영어를 제대로 배운지는 2년이 약간 넘었다. 중국어도 그쯤 배웠지만, 1학기의 기초 공부 후 바로 IB 클래스에 들어가 영어에 전념해서인지, 중국어 수준이 높은 편은 아니다. 그러나 중국어 공부를 많이 못해도 일상생활은 가능하다. 중국에는 예상외로 많은 한국인이 산다. 난 베이징에 왕징이라는 한인타운 비슷한 곳에서 산다. 왕징에서만 해도 길거리에서 마주치는 사람의 반 이상이 한국인이다. 이렇게 많은 한국인은 개인에 따라 장점이 될 수도 있지만, 유학에 실패할 정도로 큰 단점이 되기도 쉽다. 많은 한국인들은 공부에 큰 장애가 된다. 중국에서 언어를 익히기 위해서라면 한국인과 몰려다니며 외국인을 피하는 것은 정말 큰 손해이다. 그리고 몰려다니는 한국인들은 때로 학교에서 문제아로 낙인찍히기도 하는데, 가끔은 한국인에 대한 안 좋은 편견을 가지고 있는 선생님이나 사람들도 볼 수 있다. 개인적으로 한국인에 대해 그런 편견을 가지고 사람을 대하는 사람들이 마음에 안 들긴 하지만, 한편으로는 외국인들이 그런 편견을 가지게 된 것에 대해 슬픈 생각이 들기도 한다. 이런 단점들이 있기는 하지만 그 한국인 친구들은 유학을 위한 일부 필요조건이라고도 할 수 있다. 내가 중국에 적응하도록 도와준 친구들처럼, 그들이 새로운 유학생들의 유학생활을 도와주고 즐겁게 만들어 줄 수도 있다.

중국유학은 정말 쉽게 선택할 문제가 아니다. 특히 학생 혼자서 온다면 말이다. 어떤 점에서는 중국이 한국보다 나쁜 길로 빠져들기 쉬울지도 모른다. 보호자가 멀리 떨어져 있기 때문에 더욱 그럴 수 있다고 생각 할 수도 있다. 하지만 아무리 보호자가 가까이 있다 해도 그런 길로 안 빠져든다고 단정지을 수는 없을 것이다. 그렇기 때문에 유학을 오기 전에는 많은 준비 과정이 필요하다. 발전하고 있는 대국의 언어와 문화를 남들보다 한발 앞서 체험하고, 더 폭넓은 미래를 보장받는다는 점에서 중국유학은 분명 도전해볼 만한 일이라고 생각한다.

〈곽승준 학생이 쓴 영문글〉

December 31st 2007, a snowy day that announces the end of 2007 and the beginning of 2008, I arrived at China. It has already been 2 years. At the first, I thought it was hard to be familiar with China because of the prejudices about China that I used to have. However, not even passed about 1 month, I began to adapt to China with lots of Korean friends and Korean cultures in there.

Now, I am on IB course in an international school in Beijing. It's already been 2 years, which means 4 semesters, that I have studied at this school. I have studied English for about 2 years. Although I have studied Chinese as long as English, however, because I went to IB class where study every subject in English except for Chinese right after 1 semester's basic Chinese training, my Chinese level is not that high. At China, I saw that every foreigner can use Chinese if he or she doesn't absolutely give up on studying. As I said, there is lots of Korean at China. I live in Wang Jing, Beijing where a kind of Korean town in China is. At Wang Jing, more than half of people who you meet on the street are Korean. This large number of Korean can be a big advantage to an individual; also can be a fatal disadvantage which even can ruin one's life in China. Korean in China can be a big trouble for studying language. At China, being a Korean bunch and avoiding foreigners is a big loss on learning new languages. And this Korean bunch gets branded as a problem on occasion; sometimes I meet some teachers or people who have a bad prejudice about Korean. Privately, I don't like someone who sees a person in prejudice (as I used to be), on the other hand, I feel sad about Korean's action that makes foreigners to have some prejudices about Korean. As I said, that large number of Korean cannot be only a disadvantage, but also can be an advantage. As friends of mine who helped me to adapt to China, they can help new Korean students in China and make their life in China more joyful.

It is not easy problem to study at China, especially comes alone. From some point of view, it can be easier to an erratic student. It can be considered because one's parents are away from him or her, I think about someone to be derailed, where the parents are not important. Anyway it needs to be more prepared to study at China. From the point that learn the language of developing big country and experiment their culture earlier to guarantee the wider future, studying at China has enough value to challenge.

"피할 수 없다면 즐겨라.
그것이 최고의 방법이다"

곽승현(중국 조기유학 3년차)

나는 이글을 쓰면서 나의 유학생활을 돌이켜 볼 수 있는 기회를 가졌다.

벌써 중국에 온지 2년 6개월이 다 되어 간다. 2년 6개월 전에 나는 굳은 다짐과 함께 중국으로 들어왔다. 하지만 게으름과 허튼 마음가짐이 나의 굳은 다짐은 서서히 무너뜨리고, 내가 중국에 온 목적을 내 머릿속에서 점점 지워버렸다. 그래서인지 나는 중국에 있으면서도 중국어의 중요성을 잊고 단지 외우기 어렵고 복잡하다고 거부했고, 내 머리가 중요시한다는 영어를 선택했다. 그렇게 2년 동안 나는 언제나 영어를 앞전에 두고, 중국어 책 앞면도 보지 않고 지냈다. 현란하게 중국어를 피해 영어만 한 탓인지 겨우겨우 IB(미국 교과서로 공부하는 곳)반이라는 곳에 들어 갈 수 있게 되었다. IB반에 가면 중국어는 하지 않아도 된다는 생각은 나만의 착각이었을까. IB반에 있는 학생들은 중국어와 영어를 모두 능숙하게 사용하는 원어민급의 소유자였다. 그제야 나는 나만 중국어를 못한다는 마음에 내 머리는 비상사태였다.

그리고 이제야 후회감이 생기기 시작했다. '만약에 그 많고 많은 시간에 중국어 공부를 틈틈이 했었더라면, 이 정도로 심각하지는 않았을 텐데.' 처음에는 '적으니깐 뭐 상관없겠지……' 라는 생각에서 이렇게 쌓이고 쌓여서 지금 아무리 시간을 내서 중국어를 하려하지만 영어숙제, 시험 준비, 단어 외우기 등등의 많은 임무(?)로 인해 중국어를 손도 못 대고 있을 줄 누가 알고 있었겠는가. 그리고 중국이라고 무시한 내가 무시당할 줄 도대체 누가 알았겠는가 말이다.

그래도 후회는 하지 않는다. 이 2년이 나한테 내가 고쳐야 할 부분 그리고 개선해야 할 부분을 다 가르쳐 줬으니 말이다. 난 '성실'도 배우고 '노력'이라는 단어도 배웠고, 그토록 핑계를 대며 하지 않으려던 중국어를 "피할 수 없다면 즐겨라. 그것이 최후의 방법이자, 최고의 방법이다"라고 외치며 열심히 공부하고 있다.

외국인들은 한국인에 대해 이렇게 말한다고 한다. "한국인들은 따로 따로 있으면 성장도 엄청나게 하고 리더십이 강해서 리더가 되기 십상이지만, 뭉쳐 놓으면 저절로 무너진다."

그리고 얘기를 할 땐 중국인들과 한국인들을 비교하여 얘기한다. 부끄럽지만 사실이기도 하다. 하지만 이 편견을 한국인이 만들었으니, 한국인인 우리가 깨야 된다. 그리고 나는 이 편견을 깨는 사람들 중의 '내가' 되지, 무너지는 사람들 중의 '내가' 되지 않기를 희망한다.

마지막으로 유학 오기를 희망하는 사람들에게 이 말을 꼭 하고 싶다.

우리는 전 세계가 인정한 못하는 게 없는, 혹은 최고 중의 최고인 한국인들 중 한사람이다. '나'가, '당신'이 그리고 '우리'가 한국인이라는 것을 빛나고, 자랑스럽게 하는 사람이 되기를 축복하며 기대한다.

중국유학시 중국어는
물론 영어도 매우 중요하다

송종현(중국 조기유학 3년차)

　　안녕하세요. 저는 중국에서 유학한지 2년 반 정도 된 송종현입니다.

　　저는 어머니의 권유로 동생과 함께 중국으로 왔습니다. 저는 중국 수도공항에 도착하고 나서 바로 제가 중국에서 살아야 할 집으로 갔습니다. 학교 기숙사에서 생활하는 사람도 있지만 저는 홈스테이에서 생활을 합니다(홈스테이란 여러 학생들이 모여서 집에서 생활하는 곳입니다. 관리자가 그 학생들의 부모님을 대신해 학생들을 관리해 주는 곳입니다).

　　저는 홈스테이에서 처음부터 지금까지 계속 생활을 해왔습니다. 중국에서의 처음 생활은 중국어를 하나도 몰랐기 때문에 밖으로 나가는 것을 거의 하지 못했으나, 학교가기 전 한 달 동안 집으로 과외선생님을 모시고 특강을 하고나니 중국말을 어느 정도 들을 수 있고, 말할 수 있게 되어 관광오신 어머니를 모시고 관광지나 명소 등을 탐방했습니다.

처음 학교에 왔을 때는 바로 중국 학생들과 같이 공부를 하지 않고 학교 안에 있는 국제부에서 따로 6개월 정도 중국어를 익히는 한보반으로 들어가 공부를 합니다. 그리고 6개월이 흐르고 자기 학년 공부를 하기 시작합니다. 저는 한국 나이로 중 1 겨울 방학 때 중국에 들어 왔습니다. 그리고 6개월 동안 중국어를 익히고, 중 2 교과수업을 하게 되었습니다. 중국 교과서로 하는 수업이라 중국어가 많이 서툴고 낯설어서 매 수업마다 이해하는 것이 어려웠지만, 예습과 복습을 열심히 한 결과 생각보다 빠른 시간에 수업이 익숙해졌고, 중국 친구들도 금방 친하게 되어 학교 생활하는 것이 즐거웠습니다. 지금은 수업을 듣는 것 가운데 이해하지 못하는 말은 거의 없습니다.

저는 이제 중 3을 졸업하고 다음 학기부터는 고등학생이 됩니다. 고 2가 되면 먼저 문과와 이과를 선택해야 하고, 후로는 자기가 가고 싶은 대학을 선택하여 대학이 필요로 하는 과목에 맞추어 공부를 해야 합니다. 여기 중국에는 유명한 대학이 많이 있습니다. 그중에 중국의 수도에 있는 북경대학, 청화대학, 인민대학 등 이 세 대학이 북경에서는 제일 유명하고 세계적으로도 유명한 대학입니다.

아! 그리고 중국으로 유학을 와서 중국 대학에 다니실 학생 여러분께 조언 하나를 드립니다. 많은 유학생들이 중국에 유학을 오면 중국어만 잘 하면 된다고 생각합니다. 하지만 그것은 착각입니다. 중국에서도 영어가 많이 중요합니다. 비록 중국은 미국식 영어 대신 영국식 영어를 가르치지만 중국에서도 영어가 아주 많은 비중을 차지하고 있어서 중국에 유학을 오더라도 영어 공부를 소홀히 여기면 안 됩니다. 좋은 학교는 중국어, 영어, 수학 과목의 비중이 높습니다.

　만약 이 수기를 읽고 난 후에 중국유학을 고려하신다면 저는 먼저 이런 말을 하고 싶습니다. 먼저 유학이라는 것은 부모님의 권유로 갈 수도 있고, 자기가 스스로 필요하다고 느낄 때 가기도 합니다. 유학을 가고 나서 유학생활이 좀 힘들고 외로울지라도 포기하지 마시고 잘 이겨내셔서, 자기가 유학생활 중에 이루고 싶은 것을 모두 이루고 꼭 유학 성공하시기 바랍니다.

유학과 동시에 이미
평범한 삶을 살고 있는 게 아니다

오승주(중국 조기유학 2년차)

2008년 2월 24일 설렘과 함께 중국으로 가는 비행기에 몸을 실었다.

기대와 설렘과 동시에 두려움도 있었다. 하지만 조금씩 중국생활에 적응함과 동시에 유학은 나에게 뚜렷한 선물로 다가왔고, 큰 변화를 주었다. 그 변화는 한국에 있는 내 나이 또래의 학생들은 전혀 겪을 수 없는 부분이었다. 첫 번째는 부모와 떨어져 있음으로 인해 독립심과 자립심을 기를 수 있었고, 두 번째는 큰 세상에 나와서 좁은 틀에서는 생각할 수 없는 생각들을 꿈 꿀 수 있었다. 만약에 한국에 남아 있었다면 나 역시 내 나이 또래의 학생과 별반 다를 것이 없는 학생이었을 것이다.

유학을 온 것만으로도 나 자신은 특별해진 것 같다. 이 큰 대륙 중국은 나를 변화시킬 수 있는 능력이 있었다. 하지만 유학을 간다고 무조건 성공하는 것을 바라는 것은 어불성설이다. 입만 벌리고 감이 떨어지기를 기대하는 사람과 같이 말이다. 유학에 성공하려면 자신의 뚜렷한 목표의 식이 중요하다. 그리고 홈스테이 선생님 혹은 부모님의 끊임없는 격려와 지원이 필요하다.

그리고 외국에 나오면 자신을 유혹하는 수많은 것들을 물리칠 줄 아는 능력도 빼놓을 수 없는 요소 중 하나이다. 중국에 오면 수많은 유혹들이 자신을 유혹하고 있다는 것을 느낄 수 있을 것이다. 하지만 잠깐의 기쁨이 유학의 성공과 실패를 나눈다는 사실을 자각해야 할 것이다.

그리고 유학은 양날의 칼날과 같다. 성공 아니면 실패이다. 어중간한 건 없는 것 같다. 유학의 성공 기준은 사람마다 다르겠지만 근본적인 건 같을 것이다. 외국에 나와서 끊임없는 유혹을 물리치고 자신이 유학 오기 전 다짐했던 것을 이루는 사람이 내가 생각하는 유학에 성공한 사람이다.

유학은 나에게 큰 선물을 주었다. 그 선물은 나의 인생을 변화시킬 수 있는 큰 능력을 가진 선물이다. 그것은 아마도 자기 인생에서 무엇과도 바꿀 수 없는 보물임이 틀림없다. 나는 유학을 하면서 수많은 유학생을 보았다. 자기의 인생은 생각하지 않고 그저 자신 앞에 있는 즐거움만 찾는 사람들, 자기 인생에 책임이 없는 사람들을 많이 보았다. 우선 외국에 나오면 자신은 자기 자신임과 동시에 대한민국의 얼굴이다. 하지만 많은 한국인들이 중국에 와서 자신과 나라의 얼굴에 침을 뱉는 것 같은 행동을 많이 한다. 하지만 유학을 오려는 수많은 선후배들은 그것들을 생각하지 못한다. 그저 한국에 있는 것과 같이 행동한다. 혹시 자기 자신이 그것에 속해 있다면 책임감이 없는 사람이다.

나는 유학을 고려하거나 결정한 수많은 선후배들에게 하고 싶은 말이 있다. 유학을 오면 자기 인생은 이제 자기 자신이 앞가림할 때라고. 부모님은 그저 뒤에서 후원해 주시는 분이고 자신이 힘들 때 돌아갈 수 있는 곳이지만, 영원히 거기에 머물 순 없다.

나는 그래서 중국유학을 택했다. 나는 내 자신이 아주 잘한 선택이라고 생각한다.

마지막으로는 자신이 선택한 유학에 대해서 후회하거나 실망하지 않았으면 한다. 자신이 유학에 온 것과 동시에 자기 자신은 이미 평범한 삶을 살고 있는 게 아니다.

그리고 유혹 때문에, 잠깐의 기쁨 때문에 눈먼 장님처럼 자신이 선택한 유학의 선물을 발로 차버리는 사람이 안됐으면 한다. 그리고 열심히 달려서 자신이 원하는 목표와 선물을 차지해서 유학에 성공한 사람이 되었으면 좋겠다.

많은 중국인 친구들을 사귀고
얘기하면 중국어는 자연히 는다

이정연(중국 조기유학 2년차)

올해로 중국에 온지 1년이 된 나는 현재 베이징 제55중학교 국제부에서 고등학교 1학년을 다니고 있다.

처음 중국유학을 오게 된 계기는 부모님께서 먼저 유학에 대한 생각을 하고 계셨고, 나 또한 유학에 관심이 있었다. 미국, 캐나다 등 영어권 국가도 많았지만 그중 지금 급부상하고 있는 중국이라는 나라에 관심을 갖고 결국 중국유학을 선택하게 되었다. 중국이라는 나라는 전 세계의 6분의 1이라는 어마어마한 인구를 보유하고 있으며, 아직 완전한 개방이 이루어지지 않아 발전 가능성이 무궁무진하다. 또한 나는 미래에 국제무역을 하고 싶고, 이 꿈을 실현시키기 위해서는 중국어가 필수라는 생각이 들었다.

처음 중국에 왔을 때, 모든 환경이 낯설게 느껴졌다. 같은 동아시아 지역이며 한자라는 공통의 문화를 가지고 있는 중국이지만 사람들의 생활방식, 사고방식 등이 우리나라와 확연한 차이가 있었다. 그중 가장 나에게 힘들었던 점은 언어의 문제였다. 중국어는 우리나라말과 다르게 글자 하나하나마다 의미가 담겨있고, 발음도 제각각이다. 또한 중국어에는 성조라는 것이 존재하여 나를 더 혼란스럽게 만들었다. 중국어를 배우면서 가장 힘든 것이 이 성조인데, 조금만 주의를 기울이지 않아도 말하고자 하는 바를 제대로 전하지 못하게 된다. 또한 우리나라말과 중국어의 어순은 전혀 다르기 때문에 처음에는 혼란이 가중될 뿐이었다. 그래서 처음에는 아는 사람 하나 없는 외지에 혼자 있는 것이 힘들고 주변에 마음 터놓고 얘기할 수 있는 사람 하나 없는 이곳이 원망스럽기만 했다. 하지만 시간이 점차 지남에 따라 중국어가 점점 늘어가는 것을 느꼈고 1년이 지난 지금은 중국인들과 일반적인 대화가 가능한 정도가 되었으며, 학교 수업도 전부는 아니지만 따라갈 수 있었다. 또한 여러 중국인 친구들도 생기고 중국에 와있는 세계 각국의 친구들을 사귈 수 있었으며, 지금은 점점 이 중국유학생활을 즐기고 있다.

지금 우리나라에서는 유학 열풍이 불고 있으며, 중국으로 오는 유학생들 수가 점점 많아지고 있다. 그러한 사람들을 위해 이것을 알려주고 싶다.

처음 중국어를 배울 때 어려운 점이 한두 가지가 아닐 것이다. 하지만 포기하지 않고 얼마간의 시간이 지나면 중국어가 점점 늘어가는 것에 따라 강한 흥미를 느낄 것이다. 또한 지금 중국에 있는 한국인의 수는 그 수를 헤아리기 어려울 정도로 많지만, 그중 중국인들과의 교류보다 한국인들과의 교류에 치중되어 있는 사람이 많다. 홀로 외지에 떨어져 말이 통하고 문화가 같은 자기 나라 사람에게 끌리고 의지하는 것은 당연하다. 하지만 유학을 온 학생이라면 그 선을 분명히 하고 중국인들과 많은 교류를 하는 것이 중요하다. 많은 중국인 친구들을 사귀고 얘기하면 자신도 모르는 사이에 중국어는 크게 진전되어 있을 것이다.

무엇보다도 나는 중국에 있는 유학생, 중국유학을 준비하고 있는 학생들 모두가 다 즐겁고 성공한 유학생활을 하기를 바란다.

'옆집 아줌마의 별스런 선택', 초등학생 두 자매를 둔 엄마의 일기
"아이들에게 넓은 세상을 보여주세요"

2007년 7월 저는 아이들의 중국유학이라는 중대한 결정을 내리게 되었다.

만만찮은 아이들 아빠의 반대를 "삼국시대 때도 당나라에 유학간 선조들이 있다"며 설득해서 어렵게 내린 결정이었다.

지금은 많은 지원을 아끼지 않고 있지만(정신적으로)⋯⋯.

2007년 중국에 간 유학생 42,269명 중 하나였을 뿐이었다.

두 딸 아이 중 하나는 4학년, 다른 하나는 3학년으로 여름방학을 앞둔 시점이었다.

사춘기인 14세 이전에 외국어 몰입 환경에서 가르치면 언어 중추가 굳어지기 전이라 원어민 수준의 언어를 구사할 수 있다는 지론도 한몫하기도 했겠지만, 내 성씨가 삼국지의 유비랑 같은 유씨라서 아마 이쪽

으로 많이 당겼나 보다고 지금은 생각된다.

내가 아이들을 가르치는 일을 하다 보니 늘 뭔가 막연히 남과 같은 길을 가는 것에 회의감을 느끼던 찰나 몇 년 전부터 꾸준히 여러 정보를 접하면서, 미래가 예측할 수 없는 빛의 속도로 변하고 있고, 21세기 중심축은 미국과 중국 양대 국이라 그 나라들을 알아야겠다는 희미한 바람 같은 것이 있었다.

한 달 보름 정도 중국에 일차 답사를 거쳐 일사천리로 준비해서 8월 23일 북경에 도착. 지인의 집에 머물며 바로 다음날부터 아이들은 하루 4시간에 걸친 중국어 과외에 들어가고, 첫 학교를 중국 4환에 있는 바쵸이 사립학교(로컬)로 들어가게 되었다.
학제가 다른 관계로 한 학기 빠른 학년에 집어넣는 과감함(?)을 보였다. .

학교 규모가 꽤 크고 초, 중, 고 학생과 선생님들이 모두 기숙사 생활을 하는 곳인데, 물론 한국 애들은 매일 등교하는 상황. 유학생이 많으니 세세한 관리가 안 되고, '샘들'도 그리 열성적이지 않고 등등의 이유로 다음 학기를 근처에 있는 잘 알려지지 않은(한국인에게), 물론 중국인들에게는 유명한 북경시범대학 부속소학교로 전학을 하게 되었다.

외국인이나 북경에 호구가 없는 타 지방 사람들은 기부금으로 일시불을 내고 들어가게 되었다. 국제부가 없어서 잡음도 없고, 한국 학생이 없는 학교라서 언어를 익히는데 좋은 환경에다가 선생님들도 친밀도나 관심도가 높고, 아이들도 전 학교에 비해 정서적으로 안정되었고, 전체적으로 나무랄 데 없어서 지금도 잘한 선택이었다고 생각한다.

물론 지금은 한국 애들이 소문 듣고 많이 들어오는 추세이기도 하다.

이런 일련의 선택이나 결정들에 있어 흔히 엄마들이 하는, '아이들이 낯선 환경에 잘 적응할까' 하는 우려는 처음부터 하지 않았다.

애들을 키우면서 내가 잘한 것 한 가지, 아이들을 의존적으로 키우지 않고 적극적이고 나름 독립적으로 키우려고 노력하고, 늘 낯선 환경을 제공하는 배려 깊은(?) 엄마여서 이미 각오가 되어 있었다.

처음 며칠은 울겠지? 3일 정도 울 줄 알았는데, 다행이 이틀 울고 삼일 째 웃으면서 오길래, "그럼 그렇지!" 하고 아무렇지도 않게 받아들이니 아이들도 그냥 받아들였다. 이 현실에 '아이들은 믿는 만큼 큰다'는 걸 알기에 처음 1년 6개월 정도 지나니 이제 수업시간에 농담도 다 알아들어서 수업시간이 재미있다고 한다.

근데 여기서 우리가 처한 특수한 환경을 말해볼까 한다.

내가 수학 샘이고, 지인이 영어 샘, 지인의 중국인 친구가 중국어 샘이라서 아래윗집에 살면서 여기서 공부가 다 해결되어버리니 다른 유학생들보다 수월하게 공부할 수 있어, 이 또한 좋은 샘 구하기 위해 쓸데없이 에너지 낭비를 하지 않아서 운이 좋은 케이스였다고 할 수 있다.

외국에 나와 있으니 깐깐한 엄마는 더 까다로워서 아이들에게 더 반듯하게 행동하도록 늘 얘기하다보니 중국인 샘들이 한국 애들은 공부, 운동, 예의 등 면에서 나무랄 게 없을 정도로 대단하다며 놀라워한다.

중국어는, 1, 2학년 교과서는 글자 위에 발음기호가 나와 있지만 3학년부터는 발음기호가 없어서 처음 배우는 데 어려움이 있고, 영어는 예상외로 회화 부분에 있어 수줍음을 덜 타는 국민성 탓인지 거침없이 나와서 첨에 놀라웠고, 수학은 한국보다 약간 어려운 수준이다.

또 언어는 모국어가 완성되고 어휘가 풍부할수록 속도가 빠른데, 새삼 독서의 중요성을 깨닫게 된다.

이제 큰애는 국제중에서 영어로만 수업을 진행하니 아직은 많이 부족하고, 처음 로컬중국 학교 때처럼 6개월 정도 기다려야겠다고 한다.

둘째는 밝은 성격에 친구도 많고 씩씩하고 적극적으로 학교생활을 해나가고 있다.

2년여가 지나 너덜너덜해진 중국어사전을 새것으로 바꾸면서 손때 묻어 까매진 사전을 고이 간직하고 있다. 먼 훗날 아이에게 전해주려고 말이다.

중국 친구들이 사전을 보면서 "너 정말 열심히 공부했었구나" 하는 소리 듣고 뿌듯했다고 한다.

이제 작은아이는 미국 1년 유학을 계획하고 영어를 중점적으로 공부하고 있다.

여기서 노르웨이 사람, 미국 사람, 중국 사람, 한국 사람과 자연스레 어울리면서 새삼 공부하란 말이 필요 없다. 못하면 대화가 안 되니 답답하니 저절로 책을 펼칠 수밖에 없기 때문이다.

캐나다에서 중국어를 배우러 잠시 온 한국 여학생, 여기서 공부하다

미국으로 간 학생들, 미국에서 유학하고 일본에서 대학을 나와 여기서 일을 하는 한국 분 등등을 자연스럽게 보면서 아이들은 글로벌을 몸으로 훈습을 하고 있는 것 같고, 애들의 시야가 자연스레 넓어지는 것 같다.

무작정 겁 없이 시작된 유학생활은 이제 2년 6개월에 접어들고, 쓰촨 지진이 일어났고, 2008년 북경 올림픽 양궁장에서 푹푹 찌는 열기에 목 터져라 "대~한민국"을 외쳐대던 그날이 아직도 생생하게 가슴에 남아있다. 양궁장에서 아이들에게 한국인이라는 자부심을 심어주는 환경(?)을 만들어주고, 중국어 공부를 어려워할 때마다, 그래서 한글을 만든 세종대왕이 얼마나 고마운 분인지 새삼 열 올리며 설명하고, 만 원짜리 돈을 보면서 남다른 감회에 젖는 '한국 엄마'이다.

지금까지 세상을 살아가는 데 상대적이 아닌 절대적인 삶을 지향하기에, 맘이 조급해지지 않는 이 시대의 바로 옆집 아줌마의 얘기를 해 보았다.

이 책을 읽는 많은 분들에게, "아이들에게 넓고 넓은 세상을 보여주라"고 권하고 싶다.

2010학년도 '북경대학' 본과 입학요강

신청자격	만 18 ~ 30세, 고등학교 졸업 이상 학력 소지자
구비서류	입학신청서, 고등학교 졸업증명서 및 성적증명서, 여권 사본, 여권사진 5장
신청기간	**인터넷 신청기간** : 2010년 1월 1일 ~ 3월 12일 **현장 원서접수기간** : 2010년 3월 8일 ~ 3월 12일 (본인 혹은 대리인을 통해 북경대학에 직접 수속해야 함. 우편접수는 받지 않음)
시험시기	**필기시험** : 2010년 4월 10일 ~ 11일 **면접** : 추후통보(인터넷상 통보)
시험과목	**문과/이과** : 영어(만점 100점), 수학(만점 150점), 어문(만점 150점)
개설학과	**문과 – 중국언어문학계** : 중국문학, 한언어학, 고전문헌학, 응용언어학 (중문정보처리) **역사학계** : 역사학 **철학계** : 철학, 종교학, 철학(과기철학 및 논리학 방향) **고고문박학원** : 고고학, 박물관학, 문물보호 **예술학원** : 예술학, TV / 영화 편집감독 **광화관리학원** : 금융학, 회계학, 시장마케팅, 인력자원관리 **경제학원** : 경제학, 금융학, 국제경제무역, 리스크관리 및 보험학, 재정학, 환경자원 및 발전경제학 **신문전파학원** : 신문학, 광고학, 편집출판학, 방송TV신문학 **법학원** : 법학 **국제관계학원** : 국제정치, 외교학, 국제정치경제학 **정부관리학원** : 정치학 및 행정학, 공공정책학, 도시관리학 **사회학계** : 사회학, 사회공작 **정보관리계** : 정보관리 및 정보시스템, 도서관학 **외국어학원(단독면접)** : 영어, 독일어, 불어, 스페인어, 러시아어, 일본어, 한국어, 아랍어, 힌두어, 우르두어, 히브라이어

| 개설학과 | **이과 – 수학과학학원** : 기초수학 및 응용수학, 통계학, 과학 및 공정계산, 정보과학, 금융수학
물리학원 : 물리학, 대기과학, 천문학
생명과학학원 : 생물과학, 생물기술
화학 및 분자공정학원 : 화학, 재료화학, 응용화학
지구 및 공간과학학원 : 지질학, 지구화학, 지구물리, 공간과학 및 기술, 지리정보시스템
도시 및 환경학원 : 지리과학, 자원 및 환경지리, 도시 및 구역기획, 생태학
생태학, 환경과학 및 공정학원 : 환경과학, 환경공정
심리학계 : 심리학, 응용심리학
공학원 : 이론 및 응용역학, 공정구조분석, 에너지자원공정
정보과학기술학원 : 계산기과학기술, 전자정보과학기술, 미전자학, 지능과학기술 |

2010학년도 '청화대학' 본과 입학요강

신청자격	고졸 이상, HSK 6급 이상, 만 25세 이하
구비서류	입학신청서, 고등학교 졸업증명서 / 성적증명서, 여권 사본, 사진 3장, HSK 증서, 추천서 1부
신청기간	**인터넷상 접수** : 2010년 3월 8일 ~ 4월 2일 **서류접수** : 2010년 3월 29일 ~ 4월 9일(토, 일, 명절휴일 제외)
시험시기	2010년 5월 15일 ~ 16일(구체적인 시간은 수험표 참조)
시험과목	**문과 및 법학과** : 기초한어, 중문작문, 통식, 영어 **이과 및 관리학과** : 수학, 물리, 화학, 영어 **미술학과** : 소묘, 색채, 크로키, 중문작문, 통식 ****추가 시험** – 건축학 : 소묘, 영어 : 영어면접, 일어 : 중국어 면접, 사회 　　　　과학실험반 : 수학
개설학과	**1. 건축학원** : 건축학, 건축환경 및 설비공정 **2. 화학공정학** : 화학공정 및 공업생물공정, 고분자재료 및 공정 **3. 토목수리학원** : 토목공정, 공정관리, 수리수전공정 **4. 경제관리학원** : 경제 및 금융, 공상관리(회계학, 정보관리 및 정보시 　　　　스템) **5. 전기공정 및 응용전자기술학** : 전기공정 및 자동화 **6. 환경과학 및 공정학** : 환경공정 **7. 인문사회과학학원** : 인문과학실험반, 사회과학실험반(심리학), 한어언 　　　　문학, 영어, 일본어 **8. 정보과학 및 기술학원** : 전자정보과학, 계산기과학 및 기술, 자동화, 　　　　컴퓨터소프트웨어 **9. 신문 및 전파학원** : 신문학 **10. 법학원** : 법학 **11. 생물과학학원** : 생물과학 **12. 재료과학 및 공정학** : 재료과학 및 공정

개설학과	**13. 기계공정학원** : 기계공정 및 자동화, 제조자동화 및 측공기술, 에너 지동력계통 및 자동화, 차량공정, 공업공정 **14. 의학원** : 생물의학공정 **15. 이학원** : 수리기초과학, 화학 **16. 미술학원** : 예술디자인, 조형디자인, 예술사론

2010학년도 '인민대학' 본과 입학요강

신청자격	고등학교 졸업 이상, HSK 6급 이상, 대외한어과 HSK 5급 이상 경제, 관리전공은 수학시험 참가
구비서류	입학신청서, 고등학교 졸업증명서 & 성적증명서, HSK 증서, 추천서 1부, 사진 5장, 여권 및 비자 사본
신청기간	2010년 3월 2일 ~ 3월 19일
시험시기	**2010년 4월 24일 – 오전 : 어문 / 오후 : 중국개황** **4월 25일 – 오전 : 영어 / 오후 : 수학** **5월 14일 – 필기시험 결과** **5월 17일 ~ 5월 20일 – 신청전공 수정시간** **5월 22일 – 면접(면접 명단은 5월 3일 발표)** **6월 7일 ~ 6월 11일 – 입학통지서 수령시간** ※ 2010년 대외한어과도 기타 전공과 같이 필기시험을 치러야 한다.
시험과목	**문과** : 어문(대외한어 내용 포함), 영어, 중국개황 **이과** : 어문(대외한어 내용 포함), 영어, 중국개황, 수학 예술학원 신청 학생은 전공시험 있음. ***2010년부터 종합(역사, 지리, 중국 문화상식)이 중국개황으로 통합되었다.
개설학과	**전공 및 계획모집인 수 / 주의** : *표시 전공은 수학시험을 치러야 함. **국제관계학원(35)** : 국제정치 **문학원(85)** : 한어언문학, 한어언 **신문학원(35)** : 신문전파학 ***상학원(35)** : 공상관리, 무역경제 **법학원(20)** : 법학 **역사학원(5)** : 역사학 ***경제학원(25)** : 경제학, 국민경제관리, 국제경제무역 ***사회 및 인구학원(5)** : 사회학 ***재정금융학원(10)** : 금융학, 금융공정, 신용관리, 재정학, 보험, 재무

개설학과	***공공관리학원(5)** : 공공관리 **철학원(3)** : 철학 ***노동인사학원(5)** : 인력자원관리, 노동 및 사회보장(노동관계방향) ***정보자원관리학원(5)** : 정보관리 및 정보시스템(정무정보관리방향), 　　　　　　　　　　　당안학 ***환경학원(2)** : 공공사업관리(환경경제 및 관리방향) ***정보학원(2)** : 컴퓨터과학 및 기술, 정보관리 및 정보시스템 ***통계학원(2)** : 통계학 ***농업 및 농촌발전학원(1)** : 농업경제관리 **외국어학원(1)** : 영어, 일본어, 러시아어, 독일어, 불어 **예술학원(2)** : 예술계열(미술), 예술디자인